深き淵から

本橋　潤

文芸社

深き淵から■目　次

苦闘の果てに

第一部

1

ミキは走った。暗闇に目が慣れてくると、周囲の風景が徐々に視界に入ってきた。後から大型トラックが追い越していく度に、乾いた土煙を舞い上げていった。もうもうと立ち込める煙幕の中を、ミキは暫《しば》し息を止めて駆け抜けていった。

町の繁華街から一キロくらい離れたところで、すでに車道と舗道の区別は途切れた。アスファルト舗装されているのもそこまでで、その先は固いじゃり道が続いていた。道路の両側は鬱蒼《うっそう》とした森林になっていて、先へ行くほど高い木立に遮られて、昼間でも日が差さず終始薄暗い闇に支配されていた。道幅は次第に狭まり、車二台分がやっとすれちがうほどの広さしかなかった。その道路は森の中の土砂を土手のように盛り上げて造られており、高さは背丈ほどあった。

ミキは車が通り過ぎる度に、一旦立ち止まって後を振り返りながら車をやり過ごさなければならなかった。もう今時分、この道路を歩く人影は絶えて見当たらなかった。舗道が途切れる辺りから、道路には街灯も途絶え、森に入ってしまえば人を拒絶するような深い闇ばかりが支配していた。

時々、ホーホーというふくろうの鳴き声が聞こえてきた。闇の中で光る鋭い二つの眼球を背後に意識しながら、ミキは注意深く走っていった。風が吹くと、ザーという葉ずれの音と共に黒い闇が左右に揺れた。走りながらミキは森の中に息づく無数の小動物達の息づかいを感じた。そしておびただしい数の死者の霊を。誰にも見取られることも、葬り去られることもなかった無数の霊達の荒い息づかいが、一斉に耳元に何事かを語りかけてくるような気がした。

先程までの窒息《ちっそく》感はうそのように消えていた。ミキはそのことが不思議な気がした。走るにつれて次第に身体が軽くなっていくような錯覚を感じていた。そう……これは一種の錯覚にすぎないのだと、ミキは自分に言い聞かせていた。そんなはずはないのだと……。背中から羽が生えてきて、このまま夜空に舞い上がってしまうのではないかと思われるほど身体が軽かった。

道端に生えた雑草がミキの足にからみついてきた。あたかも闇の中から手を伸ばしてきた死者達たちの霊が、奈落の底に引きずり込もうとでもするかのような感触をミキは感じた。汗の引いた額に、ひんやりとした夜風がまとわりついてくる……それすらも、ミキには死者の悪意に満ちた嫉妬のように思えた。

風に舞い上がったミキの髪が口の中に入り込み、冷たい感触を舌先に伝えてきた。道路にはすでに街灯はなく、電柱からもれる黄色いほの明かりだけが行く手を照らし出していた。電球を覆う傘が風に揺れる度にカタカタと鳴った。電柱の薄明かりを浴びた森の肌が生き物のようにうごめくのが見えた。その葉ずれのざわめきの中から、今にも触手を伸ばしてミキに襲いかかってくるかのように思われた。

汗で下着が肌に張り付くのがわかった。血を分けた唯一の肉親の血が絶たれることが自分にとって何を意味するものなのか、ミキは走りながら考え続けていた。

だらだらとした坂を登りつめると、遙か前方に月明かりに照らし出されて、くっきりと浮かび上がった山並が見えた。この先に自身の到着する場所はどこにもないように、ふとミキには思われた。

2

「これ、受け取れないな。悪いけど……」

ミキがKにしわくちゃの紙幣を手渡した時、Kがそれを受け取らないだろうことが、彼女には最初からわかっていた。打ち明けることで、Kの心が自分から離れていくことも……。もし、Kとの関係をこのまま続けていたいと思うのなら、沈黙を守れば良かった。黙ってさえいれば、今までの関係に何ら変化を生じることもない……。しかし、その選択はミキには初めからなかった。

ミキはKが自分のことを愛していないことを知っていた。たとえ真実を告げても、その過酷な真実の重みに彼が耐え得ないだろうことを。深い悲しみと混乱の中で、やがて彼がミキを捨てるだろうことを。

「なぜ？　なぜ受け取れないの？」

Kはしわくちゃに丸まった数枚の紙幣を、手の平にそっと包み込むようにして眺めていた。ミキはKの指先が小刻みに震えているのがわかった。それは悲しみのせいなのだろうか、それとも憤《いきどお》りのせいなのか。

「さあ、それは僕にもよくわからないよ……なぜなのか」

彼は終始うつむいたまま顔を上げなかった。

「それはもう私を愛せないっていうこと?」

それはKに強要することになることはミキにもわかっていた。彼を追いつめることになることも。

「そうじゃない。僕は今までも君を愛しているはずだ。そのことには変わりがないよ」

「はず?……」

その瞬間、ミキは思わず顔を上げてKの視線を捕えた。暫しの沈黙の後、Kは再び視線を手の中の紙幣に落とした。そしてKはその紙幣をゆっくりとズボンのポケットにしまい込んだまま、黙ってその場を立ち去っていったのだった。

その時、ミキが一瞬振り仰いだKの瞳の中に見たものは、深い悲しみの表情だけではなかった。焦点の定まらぬ視線の奥に、ミキは混沌《こんとん》とした懊悩《おうのう》と激しい憎悪の光が交差するのをはっきりと見たのだった。

3

ミキがKを意識するようになったのは、中学校に上がってからだった。小さな田舎町で、二つしかない小学校の一つに入学した時、最初Kはその学校にはいなかった。どういう事情かはわからなかったが、Kは三年生の時にもう一方の小学校から転校してきたのだった。

Kはどちらかというと口数も少なく目立たない存在で、快活なミキとは対照的で、当初はミキとはほとんど言葉を交わすこともなかった。しかし、成績の方は学年が進むにつれて次第に頭角を現わし、常にトップの成績を維持していたミキと一、二位を争うまでになっていった。

Kには子供の頃からの幼なじみがいて、いつもどこへ行くにもその友達と行動を共にしていた。ミキはKのその幼なじみの存在のことも、Kが転校してきてから初めて知った。Kはその友達以外とは誰とも交じわろうとはしなかった。いつも校庭の隅に二人で腰を下ろして、何を話すでもなく、運動場で遊ぶ同級生の姿をぼんやりと眺《なが》めている姿が時折見受けられた。

「私、犯されたの……」

ミキがKに打ち明けた時、彼は最初ポカンとした表情を浮かべたまま、何を言われたのかわからないといった様子で彼女を振り返った。

二人は大川の土手沿いを歩いていた。いつもはミキが先を歩くのが常だったが、その日はあえてKの後を選んで歩いて行った。

Kに話をすることに迷いはなかった。けれども何のために彼に話をしようとしているのか、ミキにはわからなかった。

「犯された？」

Kは一瞬立ち止まり、思わず後を振り返ってミキの顔をまじまじと覗《のぞ》き込んだ。

「そう、犯されたの、私……」

振り向いたKとの間に二、三メートルの距離があった。ミキは手を後手に組み、足元に視線を落としながら、その距離の不自然さを思った。

暫くの沈黙の後、Kは踵《きびす》を返して再びゆっくりと歩き始めた。誰に犯されたのか、Kは聞かなかった。そのことがKが事の重大さを認識したことを感じさせた。けれどミキはその問いの答えを用意していなかった。もしKが聞いていたら、私は何と答えただろう……ミキはKの背中を見つめながら、その答えを探っていた。

「ならず者よ……皆。この町の人間じゃないわ」

考えるよりも先に言葉が口を突いて出た。ミキはその自分の認識とは裏腹に発せられた言葉を聞きながら、胸の奥から熱いマグマのような煮えたぎる思いが込み上げてくるのを感じた。

「皆？」

Kは後を振り返らず、前を向いたまま一人言のように呟いた。

「そう、一人じゃないわ。何人いたのかも思い出せない……もちろん皆あなたの知らない人……」

Kの歩く速度が次第に落ちていくのがわかった。ミキはその距離を詰めないように意識しながら歩いていった。

これで終った……とその時ミキは思った。なにもかも……なにもかも、もう今の私には残ってはいないのだと。しかしKの口から発せられた言葉は、ミキのまったく予想しないものだった。

Kは不意に立ち止まって、大川の方に身体を向けた。

「忘れるんだな、そんなことは。単なる事故なんだから」

「事故？」

ミキにはそれがKにとっての精一杯の慰《なぐさ》めの言葉であることはわかっていた。彼がひたすら沈潜《ちんせん》していく心の奥底から、やっとすくい上げて吐き出した言葉であることが。けれどもその響きには、何の同情も、痛みも、懊悩も感じられなかった。

「君にはどうすることもできなかったんだろう。忘れちまいなよ、そんなこと」

「忘れる？……」

Kは道端の小石を拾って大川に投げ入れた。その石は川の上に力なく弧を描き、ぽちゃっという乾いた響きをこちらに投げ返してきた。

ミキは最初からKの同情の言葉など期待してはいなかった。どんな言葉も、Kの口からは発せられることはないだろうと、ミキは予想していた。そして、それで良いのだと。Kの言った言葉は単なる有り体の慰めの言葉でしかなかった。それ以上でも、以下でもない。でも何かが違う……何かが違っていた。

「どうして？」

けれどもその違いが何なのか、ミキにはわからなかった。

「え？……」

振り向いたKの表情には、明らかに狼狽《ろうばい》の色が浮かんでいた。それは、Kにもミキ自身にも予期せぬ出来事だった。ミキの瞳からは押しとどめようもないほどの涙が溢《あふ》れ出していたのだった。

「どうして？　どうしてなの？」

ミキは自分は冷静だと思っていた。冷静さを装うつもりもさらさらなかった。暴漢に犯された時も悲しみはなかったと、ミキはそう考えていた。もう悲しみの涙など自分には一滴も残ってはいないのだと。この出来事をKに告げることにも、ミキはそのことに特別な意味を与えてはいなかった。どんな意味があるというのだろう。一人の女がある日突然うら若き高校生の身分で、暴漢に襲われ、無抵抗のまま、なす術もなく、犯され、犯され続けることに、いったいどんな意味を与えれば良いというのだろう。それはミキには敗北を意味するように思われた。何の意味も与えないこと、日々の出来事の単なるちょっとした起伏にすぎないこと、そしてそれもやがては過去の遠い記憶の中に葬《ほうむ》り去られていくだろうこと、そんな些細《ささい》な出来事にすぎないのだと、ミキはその時自分に言い聞かせたのだった。

「どうして、これが事故だと言えるの？」

ミキは喋《しゃべ》りながら自分の唇が次第にぶるぶると震え出すのがわかった。冷たい涙の感触が次から次へと押しとどめようもなく頬を伝って落ちていった。

「どうして……どうしてこれを忘れるなんてことができるというのよ！」

Kは呆然と立ち尽くしたままミキの顔を見つめていた。

4

この大川の辺りには、至る所に野の花々が群生しており、春になると赤や黄色の色取り取りの花を辺り一面に咲かせた。むせ返るような花の香りが川の周囲を被い尽くした。長い冬の寒さから解放されて、一斉に狂ったように咲き乱れる花々の上に、無数の蝶《ちょう》が蜜《みつ》を求めて集まってきた。ミキはそれらの見慣れた光景を無関心に横目で眺めながら小学校に通ったものだった。

六年生になった時、ミキは一度生徒会長の座をKと争ったことがあった。自分から立候補したのではない。ミキもKも周囲に押される形で候補に選ばれたのだった。ミキは生徒会長の座に何の興味も感じてはいなかったが、候補に選ばれて悪い気はしなかった。その学校では、昔から成績の一番良い者が生徒会長に選ばれる習わしになっていた。そういう意味では、ミキとKが候補に選ばれたのは何ら不自然なことではなかった。しかし、Kは自らの候補を辞退した。選挙は対立候補もいないまま、戦わずして生徒会長にミキが選ばれ、Kは副会長の座に着いたのだった。

選挙の翌日、ミキは廊下を歩いてきたKの前に立ちはだかった。

「どうして辞退したの？」

Kの取った行為にミキは何か釈然としないものを感じていた。

「ひきょうよ、男らしくないわよ、逃げるなんて」

Kの睫毛《まつげ》がピクリと反応するのを、ミキは見逃さなかった。ミキは本気で言ったわけではなかった。ちょっとしたからかい半分にすぎなかった。

けれどもKはそれに対して一言も発することなく、ミキの傍《かたわ》らを通り過ぎて行ってしまったのだった。侮辱《ぶじょく》された、とミキはその時思った。思わず振り返って仕返しの言葉を投げつけてやろうとして、ふとミキは絶句している自分に気が付いた。Kの力なく落とした背中を見た時、ミキはそこに言いようのない感覚に打たれるのを感じたのだった。それが何なのか、ミキにはわからなかった。その時ミキはKの背中から深い悲しみのような波動が伝わってきて、ミキの全身を包み込んでいくような気がした。ミキは呆然と立ち尽くしたまま、Kの姿が廊下の向う側にすっかり消えてしまうまで見つめていた。

今、この大川を後に立ち去っていくKの後姿をぼんやり眺めながら、ミキはその時のことを思い出していた。Kの母親は実の母親ではなかった。ミキはそのことを中学校に上がってから知った。実の母親が、いつどのようにしてKの元を去っていったのか、ミキは知らなかった。当時、そのことにまったく興味を感じることもなかった。

しかし、今、立ち去っていくKの後姿を眺めながら、あの時、小学校の廊下で感じたKの悲しみがそのことに関係があるものなのか、ミキはふと知りたい衝動にかられたのだった。

「僕にどうすれというの？」

左手ですくい取った小石を大川に投げ込みながら、Kが力なく呟いた。Kの視線の先にはもはや何ものをも捕えてはいないことがミキにはわかった。

「いったい君は僕に何をしろというの？」

あの時、小学校の廊下で力なく落とした肩は何を言いたかったのだろう、とミキはぼんやりと考えていた。一瞬堰《せ》き止められて捌《は》け口を失った憤りの中に、ぽっかりと現出した真空状態にとまどいながらも、その時、ミキはKの背中に妙になつかしい親近感を感じたのだった。

「僕に君の気持ちをわかれとでもいうの？」

それは同じ環境で育った者のみが感知し得る共通の匂いみたいなものかもしれない、とミキは思った。

「たぶん、君が望むことなら、僕は何でもするだろうよ」

そして、今感じているのは、あの時堰き止められて捌け口を失ったもう一方の憤りの方なのかもしれないと。

「今の僕にできることは……」

「やめて！」

一瞬、大川に小石を投げ入れていたKの手が止まった。けれどKはもうミキを振り返らなかった。

「お願い、もうやめて。あなたに望むことなんて何にもないわ」

ミキは家を出る時、しわくちゃになった数枚の紙幣を無造作にスカートのポケットにしまい込んでいた。何のために持ってきたのか、ミキ自身にもわからなかった。Kに渡すつもりなど、その時は毛頭考えてはいなかった。ミキはこの大川の土手を歩いている間も、ずっとその紙幣を握りしめていた。

「これ、受け取ってくれる？」

ミキは握りしめた拳《こぶし》をKの前に差し出し、そっと手の指を開いていった。

最初、Kはそれを不思議そうに眺めていたが、やがて意を決したように右手でつまんで手の平にのせた。川面を渡ってくる春のそよ風に揺られて、それは丸めた指先にからみついてかさこそという音を立てた。

「なにかな、これ？」

怪訝《けげん》そうな様子でKが顔を上げた。

「強姦《ごうかん》の代償よ……」

娼婦《しょうふ》と間違われて暴漢から支払われたミキの代価だった。

春の日差しに照らされて、川面がまばゆいばかりの光を放っていた。あの時と同じように、川辺には野の花々が狂ったように咲き乱れていた。一瞬、ミキは自分が夢の中にいるような錯覚を覚えた。

5

中学校に上がって二年目にミキはKと関係を持った。愛とか友情などという感情がミキにあったわけではなかった。それがどういう感情と呼べば良いものなのか、ミキ自身にも定かではなかった。ただ、ミキはKに対するある名状しがたい興味が、年を経るごとに膨《ふく》れ上がっていくのを感じていたのだった。

「抱いて!」

大川の土手を下りて、森の奥へとミキはKを誘って入っていった。

初夏の降り注ぐような陽光も、立ち並ぶ木々の緑のベールに遮《さえぎ》られて、そこだけが異質な静寂《せいじゃく》に包まれていた。森の中はひんやりとした薄暗がりに支配され、膝《ひざ》の高さまで生い茂った雑草に身を沈めてしまえば、外から人影を確認することはできなかった。ミキはKの意志を確認することなく、ゆっくりとセーラー服を脱いでいった。

「なにをするつもりだよ……」

慌《あわ》ててミキの側まで駆け寄ってきたKが、低く押し殺した声で叫んだ。

ミキはKの制止にはおかまいなしに、下着姿になって雑草に身を横たえた。Kはきょろきょろと周囲を窺《うかが》いながらぶつぶつと何言かを呟いていたが、もうその言葉はミキの耳には届かなかった。

初夏のまばゆいばかりの日差しが、時折木々の葉群の隙間からもれてきた。無数の葉群の間で戯《たわむ》れるそれら光の競演を、ミキは目を細めながらぼんやりと眺めていた。生い茂る雑草が仰《あお》向《む》けに横たえたミキの肌にひんやりと心地良かった。ざわざわと森を横切る風のそよぎだけがミキの耳元に届いてきた。しかし、それもやがて静かな沈黙の中へと遠のいていった。森の中に漂うひんやりとした冷気の中に地肌を晒《さら》した心地良い緊張感の中で、ミキは次第に自身の意識が鋭敏《えいびん》になっていくのを感じていた。すべてのものがミキの瞳に静止した齣《こま》送りのような動きとして映り始めた。何かが徐々に、しかし確実に動き出していく……。横たえた背に、ミキははっきりとそれを感じ取った。それはミキの背後に広がる地球そのものの回転なのかもしれない。地中に動く名も知らぬ地虫達のささやきがミキの耳元に伝わってきた。それらは何をお互いにささやき合っているのだろう。愛だろうか、生きる喜びか、それとも苦しみだろうか。

すべてがミキの視界に入ってきていた。それは視力を越えた何かだった。森の木もれ日、大川の川辺に咲き乱れる野の花々、学校の校庭の傍らにある朽《く》ち果てた廃屋《はいおく》、未だかつて見たこともないような人々の群れ、いがみ合う声、つんと鼻を突くトイレの悪臭、満点の夜空に広がる無数の星々の輝き、遙か遠くを駆け抜けていく列車の警笛、突如として目の前に現れた見知らぬ女の顔、記憶にない町の光景、宇宙が極大と極小を繰り返しながら遙かかなたへと行き過ぎてゆく……それらの無秩序に瞳に写し出される映像を、ミキはぼんやりと眺めていた。

観念したようにKが学生服を脱ぎ捨ててミキに覆《おお》い被《かぶ》さってきた。

荒い息がミキの唇《くちびる》をふさいだ。不意に瞳に流れていた映像が止まった。

瞼《まぶた》を閉じて、ミキは意識を一点に集中していった。唇に感じる感触は他者そのものだった。他者?……それは何者だろう。

Kはブラジャーの隙間からそっと指を差し入れてきた。その刹那《せつな》、ミキは身体全身に悪寒が走るのを感じた。ミキは待っていた。強烈な思いがミキの想念を支配していた。しかし何を待っているのか、ミキ自身にもわからなかった。その思いに形を与えることができなかった。

ブラジャーの下に入り込んだ手の指先が、不器用な動きでミキの張り切った乳房をもみしだいていく。ミキはその動きに耐えた。自分の求めているものは何なのだろう……。ミキは喉元《のどもと》に込み上げてくる叫びを必死で飲み込んだ。身体全体が他者の侵入を拒んでいるのを、ミキははっきりと感じ取った。

ミキは首を激しく振って、重なったKの唇を振り切った。その瞬間に生い茂った雑草の切っ先がミキの瞳に突き刺さった。思わず瞼《まぶた》を閉じてその鋭い痛みの通り過ぎるのを待った。にじみ出るように涙が溢れ、固く閉じた瞼から一条の雫となって頬を流れ落ちた。私は何をしているのだろう……こんなところで。痛みに集中する意識が、再びミキを鋭敏な覚醒《かくせい》へと導いていった。

耳元に響くKの荒々しい呼吸が、威嚇《いかく》するような野獣の雄叫《おたけ》びに聞こえてくる。そしてそれはやがて滝壷に流れ落ちる水流の轟音《ごうおん》へと変化していった。覆い被さるKの重みを意識しながら、ミキは自身の動きを封じられた不安を感じていた。ただなす術もなくKの意志に支配され、彼の動きに翻弄《ほんろう》される自身の身体が滑稽《こっけい》に思われた。

薄目をあけると、雑草に取り付いた小さな昆虫がぞろぞろとうごめいているのが見えた。人間の数よりも遙かに多くの名もない虫達がこの地球上にうごめいていることだろう。今、この瞬間に。それら無数の虫達のかすかな繊毛の動きが、ミキの網膜に伝わってきた。遙か遠い地中の暗い闇の中から、極微の毛細血管のどくどくとした血液の流れがミキの耳に響いてきた。涙にかすむ瞳の中に、大川を渡る金色の風の流れが写っていた。それは大川の辺りに咲き乱れる野花の花粉を抱き取って虹色の輝きを放っていた。

Kはミキのパンティーの中に手を差し入れてきた。固く閉ざしたミキの太腿《ふともも》の隙間から、何かを探るように、ためらいがちにそっと指を滑り込ませてきた。そうして暫くの間Kはパンティーの中でまさぐるように指をさまよわせていた。

Kの指がミキの敏感な部分に触れた。その刹那、ミキは全身に電流が貫くのを感じた。それは痛みの伴った快感だった。その瞬間、ミキは初めてKを意識した。けれどもそれはミキにとっては切ない敗北感だった。出口のない惨《みじ》めな憎悪だった。自己を明け渡すことのできない頑《かたくな》な嫌悪だった。その瞬間に初めてミキは自分の位置を認識したのだった。今、自分がどこにいるのかを、何をやろうとしているのかを、それが何ら自らの欲求に基づいた行為ではないことを、そしてもはや後戻りすることのできない距離まで来てしまっていることを。

ミキはいつの間にか自分が腹の底から呼吸していることに気が付いた。大きく呼吸する度に、Kの身体がミキの腹の上で上下に動いた。

今ならまだこの行為を中断することができる……しかし決してその言葉を口にすることがないだろうこともまた、ミキ自身わかっていた。

恐怖だろうか、不安だろうか、けれどもそれは何に対する違和感なのだろう……。Kとこれほど間近に肌を接することで、しかしミキは他者との埋めようもない溝《みぞ》を感じていた。それともそれは単なる緊張感のせいなのだろうか。

Kの次第に野獣に変貌していく様を、ミキは寒々とした意識の中で眺めていた。Kの視線はもはや何者をも捕えてはいないだろう。彼は私を見てはいない……。ミキは再び目を閉じてKと自身の呼吸に耳を澄ました。彼が見ているのは私ではない、決して……。ミキは意識して自分の呼吸をKの呼吸に重ね合わせようとした。そして決して重なり合わない二つの呼吸のずれからもれてくる音に耳を傾けた。

Kの手がミキのパンティーを脱がそうとしていた。ミキはそっと腰を浮かしてその動きを促した。Kの動きに合わせてミキの右足がパンティーを擦り抜けるのを確認すると、Kは慌しくミキの両足の間に自分の胴体を滑り込ませてきた。もうミキは何も考えなかった。無防備に広げた太腿の間にKの重みを意識した時、ミキの中に静かな諦念《ていねん》が徐々に染《し》み渡っていくのを感じたのだった。早くことが終ること、ただそれだけをミキは願った。

雑草の隙間からリンドウの燃えるような青い花びらが見えていた。大川からこの森一帯には、夏になると黄色い絨毯《じゅうたん》を敷きつめたようにタンポポが一斉に咲き乱れた。けれど今はまだ黄色い花びらを宿したまま、固くその衣を閉ざしていた。子供の頃、ミキはよく友達とこの森を訪れ、黄色く咲き誇るタンポポを摘み取っては首輪を作った。森の中で生い茂る雑草の陰に身を隠すように、今はまだ固いつぼみのまま風に揺れていた。

Kの硬直したものが、ミキの柔らかい部分に侵入を試みようとしていた。けれども、なかなかその入口を見つけられずに空しい突進を繰り返すKの焦りが、ミキの肌に伝わってきた。ミキは顔をそむけたまま大川の辺りに戯れる初夏の明るい陽だまりをぼんやりと眺めていた。身体の中から何か得体の知れないものが、音を立てて湧《わ》き上がってくるのを感じていた。それは列車の轟音が間近に迫ってくる様子に似ているとミキは思った。しかしその轟音は決してミキの手前まで辿り着くことも、自分を押し倒して通り過ぎていくこともないだろう。

腹の上に乗った異物のような感触を感じながら、ミキはKのぎこちない動きに次第に苛《いら》立《だ》ちを覚えていく自分を意識していた。固く閉ざしたタンポポのつぼみから黄色い花びらがわずかに顔を覗かせているのが見えた。そこには未だ到来し切らぬ夏を待ち望む希望の息吹があった。限られた生を開花させようと、一瞬身を潜め、息を押し殺す喜びの予感があった。すべてが決められた秩序の中で動いていた。それは狂うことはないのだろうか…

……。すべてが定められた宿命の中で限られた喜びを見出そうと待ちわびているように見えた。その喜びはすべてのものに等しく例外なく与えられているものなのだろうか……。

瞼を閉じると、頭の中を周囲の景色が眩暈《めまい》のようにぐるぐると回り出すのを感じた。もうどれくらいの時間が経ったのだろう。物の輪郭が鮮明に意識される割りには、時間の進行がほとんど感じられなかった。時間が止まったまま、動いていく……すべてが静止の中にありながら、ゆっくりと変化していく。誰もこの流れを押しとどめることはできない。それは生成なのだろうか、破壊なのだろうか。今、この瞬間に、音が生まれ、消えていく。遙か宇宙のかなたで消滅した星から辿り着いた光が、この星のどの地に終焉《しゅうえん》を迎えるのか誰も知らない。肌を重ね合わせることで、そこに何が生まれてくるのだろう。愛か、憎しみか、喜びか、それとも単なる快楽か。もし人に心というものがあるのなら、その心と心を重ね合わせることが果たしてできるものだろうか。この肌の接触と同じように。そしてそこに生まれてくるものも、やはり愛と憎しみでしかないのだろうか。肌を重ね合わせることで、愛とは異質な覚醒が広がっていく……この覚醒を埋めるために、人はどんな苦闘と努力を続けていけば良いのだろう。

ミキはそっと腕を伸ばしてタンポポのつぼみを摘み取った。鼻に近づけてみると、青い生臭い匂いがつんと鼻をついた。

ミキの腹の上にどろりとした生温い感触が伝わってきた。Kがミキの中に侵入を果たすことなく、そのエネルギーを空に放出してしまったのだった。

ミキはその瞬間に事の成就を悟った。

「ごめん……」

Kが力なく首をうなだれたまま呟いた。

「いいの、気にしないで」

ミキはそっとKの頭に手を触れながら、自分の中に急速に広がっていく解放感を、不思議な気持ちで見つめていた。

6

ミキが義父に犯されたのは、彼女がKと関係を持つ前のことだった。

ミキの実父は彼女の兄が発狂した後、家を出ていった。まだ幼かったミキにとって、それが何を意味するものなのか良くわからなかった。いや、正確に言えば、最初に家を出ていったのは母親の方だった。兄が発狂するまでは、ミキはごくありふれた平凡な家庭のごく普通の女の子でしかなかった。兄が発狂してから、父親はそれまで一滴も飲まなかった酒を毎日浴びるようにして飲み、理由もなく妻やミキを殴った。それまで家に侵入してきた蟻《あり》すらも殺さずに外に返してやるほど心根の優しかった父親の豹変《ひょうへん》を、まだ小学生だったミキにどう理解して良いのかわからなかった。ミキの理解が追いついていくよりも早く、ことが急速に進行していったのだった。

二歳年上の兄は学校では常にトップの成績を修め、性格も明るく、スポーツにも秀で、皆の憧れの的だった。ミキにとっても、そんな兄を自慢にも思い、成長するごとにほのかな恋心すら抱くようになっていた。そんな兄がある日突然なんの前触れもなく、そのりりしい形相をすっかり変えてしまったのだ。そしてその日以来兄の笑顔はもう二度と再び戻ることはなかった。父親は何度か大きな町の病院へ兄を連れて出かけて行った。しかしある日を境にそれもぷっつりと途絶えてしまった。父親が毎日浴びるように酒を飲み出したのはその日からのことだった。毎日のように母親との口論が繰り返された。両手で耳を塞《ふさ》いでも、父親の母を打擲《ちようちやく》する音がミキの耳に響いてきた。父親の罵《ののし》る激しい形相が、固く閉ざしたミキの瞼の中に容赦《ようしや》なく侵入してきた。しかしミキは泣かなかった。父親が妙な理屈を作ってミキを叩くようになってからも、ミキはいつか兄が以前の兄に戻って、またあの平和な家庭が訪れることを信じて疑わなかった。耐えかねて母親が家を飛び出した時も、ミキは母親を止めなかった。これ以上家にいたら母親はいつか父に殺されてしまうだろう。同情することはあっても、母を恨《うら》む気持ちなどあろうはずがなかった。母親がいなくなってからも、父に叩かれる度に、ミキは父のまだ優しかった頃の面影を思い浮かべながら痛みに耐えた。

暫くして父親の打擲が止んだ。何事かがこと切れたように酒も飲まなくなった。そしてそれから数日後に、憔悴しきった顔で父親が家を出ていったのだった。ミキは訳がわからなかった。その出て行った父と入れ代わりに母親が家に戻ってきた。だが一人ではなかった。母親の年齢には似つかわしくないほどの若い男と一緒だった。何の遠慮もなく、男は家の中に入ってきた。

「おまえの新しい父親になる人だから、仲良くしてね」

最初ミキは母親が何を言っているのか理解できなかった。けれどその疑問も数日後には解けた。両親の寝室から、実の父親のいた時には決して聞こえることのなかった、母親の激しい喘《あえ》ぎ声がミキの耳元に届いてきたのだった。実父の打擲に耐えた時のようにミキは両手で耳を塞いだ。しかし最初に聞いた母の艶《つや》のある激しい喘ぎ声を、一旦鼓膜の奥に染みついてしまった響きを、もはや塞ぎ切ることはできなかった。

生まれて初めて、ミキは母親に対して激しい憎悪を感じた。そしてその瞬間に、ミキはあの平和で幸福に満ちた家庭が、二度と再び帰ってくることはないことを悟ったのだった。その義父と呼ぶにはあまりにも突然で、この家に場違いな感じしか与えない闖入者《ちんにゅうしゃ》に、ミキはどう対処してよいのかわからなかった。その男はほとんど家にいることはなかった。家にやって来る時も、深夜であったり、明け方だったり、時を選ばなかった。隣りの部屋でボソボソと母親と話し込んだ後、わずか数時間で家を出て行くことがほとんどで、その日泊ることがあっても、翌日ミキが学校から帰って来た時にはもうその男の姿はなかった。数週間も音信がないこともあり、たまたま何日間か家に逗留《とうりゅう》することがあっても、常に酒びたりだった。母親が男の後を追って何日も家に帰ってこないこともあった。母親が財布から抜き取った紙幣を男に渡すのを、家の庭から窓越しに何度か目撃したことがあった。

男と連れ立って家を出る時、母親は決まってミキの手に数枚の紙幣を握らせた。

「ごめんね、これで何か買って食べてちょうだい」

もう決して若くはない、小皺《こじわ》を被い隠すようにして塗り込めた厚化粧でまったくの別人に変身した母の顔を、しかしミキは美しいと思った。むせ返るような香水の香りの中に一瞬の睡魔《すいま》にも似た陶酔感《とうすいかん》を味わいながら、ミキはかつての母親に抱いた憎悪がすっかりどこかに消えうせてしまっているのを、不思議な気持ちで眺めたのだった。

その頃からミキは、頻《しき》りに腹痛を訴えるようになった。家でも学校でも、突如として何の前触れもなく激しい痛みに襲われた。病院で見てもらっても、どこも悪いところはないと医者に怪訝そうな顔で言い渡された。学校の教師にすら次第に疑いの目で見られるようになり、その気配を察知してからは、ミキは誰にも痛みを訴えることもせずに、迫りくる激しい痛みに一人で耐えた。腹痛が襲ってくるのは、決まって母親のあの厚化粧の顔が脳裏に浮かんだ時だった。卑屈にどこか申し訳なさそうな微笑を浮かべながらミキを見つめる、しかしその視線は常に背後にいる男の方を気にしながら落着きなく宙をさ迷う母親の虚《うつ》ろな瞳が、いつも痛みの中で揺れていた。

ある日、夢の中で腹痛に唸《うな》されながら、ミキは間近に迫ってきた母親の顔をじっと凝視《ぎょうし》し続けていた。厚化粧が汗に浮いて、次々にはがれ落ちていく。むせ返る香水の匂いに嘔《おう》吐《と》を感じて一瞬息を詰めた。母親の濃く引いたアイラインの目尻が次第に釣り上がっていく……いったいどうしたことだろう。耳先が尖《とが》り、口が裂け、中から鋭い牙《きば》がにょきにょきと伸びていく。これと同じ顔をどこかで見たことがある……次々に母親が鬼神に変身していく様を、ミキは不思議な面持ちで眺めていた。母親が完全に変身し切った時に、鬼神は私を食い殺しにくる。ふとミキはそう思った。そしてその時ミキは、自身の手にもいつの間にか切っ先鋭い剣が握られていることに気付いたのだった。

鬼神は大きな牙をむき出しにしながら、ゆっくりとミキの方に向かって歩み出してきた。両手を大きく掲《かか》げ、目かららんらんとした光を放ちながらミキを威嚇《いかく》している。一歩、二歩……。だめだ、このままでは食い殺されてしまう。そう思いながら、一太刀を浴びせようと渾身《こんしん》の力を振り絞って剣を振り上げた時、ミキは夢から覚めた。

身体全身から汗が吹き出し、パジャマがぐっしょりと濡れていた。夢から覚めた時、ミキはこの汗のように全身を取り巻くようにして帯電している激しい怒りに気が付いた。鬼神も母親の顔もすでに消えていた。ミキはこの胃をよじるような怒りが何に対するものなのかわからなかった。ミキは肩で荒い息を繰り返しながら、その怒りの通り過ぎ去るのを待った。

その日、母親は男と連れ立って家にはいなかった。その時、まだ明け切らぬ薄暗い部屋の中で、自分のものとも思われない荒い呼吸に耳を傾けながら、ミキは初めて胸を締めつけられるような孤独を感じたのだった。

7

明け方近く、家のドアを叩く音でミキは目を覚ました。その日も母親は男と出かけて家にはいなかった。ミキは中学生になっていた。まだ真新しい紫紺《しこん》のセーラー服が壁の鴨居《かもい》に掛けられていた。怒りの正体が何なのか、ミキはおぼろげに感じられるようになっていた。胃の奥底から訳もなくふつふつと湧き上がるような憎悪を感じる度に、けれどミキはあり得べくもない想像を次から次へと捻出しては、その憎悪を押さえ込もうと空しい努力を繰り返していたのだった。

ドンドンと戸口を叩く響きが、ミキの寝ている部屋の襖《ふすま》を小刻みに震わせた。ミキはその突然の来訪者の正体が誰なのかを咄嗟《とっさ》に悟っていた。

ミキはパジャマの上からカーディガンを羽織《はお》って戸口へ向かった。寝ぼけ眼《まなこ》で足元がおぼつかなかった。鍵を持っていないということは、母親とは一緒でないことを意味した。でも、なぜその男が一人でこの家に戻ってきたのだろう。数日前に母親と二人で出掛けたばかりだった。まだたった数日しか経っていないというのに、なぜ男だけがこの家に戻ってきたのか。何か忘れ物でもしたのだろうか。男はこの家に母がいないことを知っているはずだ。なのに、なぜ?……。どこかではぐれて、すでに母が先にこの家に帰って来ていると思っているのかもしれない……。ミキの寝起きのまだ朦朧《もうろう》とした頭の中に、様々な想念が次から次へと浮かんでは消えていった。

ミキは戸口の前まで来て、パジャマのボタンが外れていることに気が付いた。相変わらずドンドンと強い調子で男はドアを叩き続けていた。ミキは外れたボタンに手をかけながら、ふと自身の運命を思った。かつて兄が発狂した時、自分の力ではもはやどうすることもできないものとして、ミキはその己《おのれ》の運命を呪《のろ》った。やがて優しかった父親が酒びたりになり、夢遊病者のように家を出て行った。あんなに仲が良かったのに、父は母を打《ぶ》ち、互いにいがみ合い罵り合いながら別れていった。ミキはただそれを黙って眺めていることしかできなかった。父親の大きな手で打擲されても、その理不尽な暴力の輪の中から逃れる術を知らなかった。ミキは祈った。ただひたすら祈り続けた。再び平和で幸福に満ちた家庭が戻ってくることを願って祈り続けた。しかしその祈りは、次から次へと襲いかかってくる過酷な運命を払いのける何の手立てにもなりえなかった。

兄が変わり、父親が変わり、母親が変わっていった。自身の力の及《およ》ばないところで、何かが確実に動いていた。何か得体の知れない力が、周囲のすべてを呑《の》み尽《つ》くし、破壊し尽くしていく。そして今度はその刃《やいば》が自分自身に目掛けて襲いかかってこようとしている……。

母親はその男のことを義理の父親と呼んだ。果たして法的な手続きがあるのかどうかミキにはわからなかった。今までそのことを母親に聞いてみたこともなかった。ミキにとってそれはどちらでもよいことだった。ミキにはある一つの確信があった。その男が法的な手続きを取った上での父親であろうとなかろうと、生涯その男を父親と呼ぶことも認めることも決してないだろうということを。

パジャマのボタンをゆっくり掛け直しながら、ミキはぼんやりとそのことを考えていた。けれども、かといってその男はまったく見ず知らずの無関係な赤の他人でもなかった。たとえミキがその男のことをどう思おうと、身の毛のよだつほどの嫌悪の対象であろうと、母親が義父と呼び、すでに何年もの間この家で生活を共にしている人間であることを否定することはできなかった。この男を家に入れることを拒絶する理由を、ミキは見つけ出すことができなかったのだった。

これが運命というものなのだろうか……。自らの意志に反してドアのキーを外さなければならない。その先にどのような運命が待ち受けていようと、それを自らの意志で招き入れなければならないのだろうか。

「誰なの?」

恐る恐るミキはドアに向かって尋ねた。

「ああ、ミキちゃんか。おれだよ、おれ……」

聞き覚えのある声に、一瞬、ミキの張り詰めた緊張感がゆるんだ。

「お母さんは?」

「お母さん? ああ、一緒だよ。ちょっと忘れ物をしてね……開けてくれないか」

どうやら酔っている様子はなかった。ミキはその男の言葉に、はじかれたようにドアのキーを外していた。

「おう、ミキちゃん、寝てたのか。わるい、わるい」

ドアを開けてその男が玄関に足を踏み入れた瞬間に、ミキはかすかに空を切る暴力に打ちのめされたような気がした。その男の瞳の中に写ったこの世で最もか弱く、無防備で不安に打ち震える自分の姿を見たような気がしたのだった。

「お母さんは?」

ミキはもう一度尋ねた。それが今の自分に許された、たった一つの抗議でもあるかのように。けれど、それは同時にその男の侵入を拒む何ら正当な理由にも、腕力すら持ちえない自分に気付く切っ掛けにしかならなかった。

「お母さんはどうしたの?」

ミキはその男に自分の不安を悟られるのが怖かった。次につなげる言葉を見出せなくて、金魚の口のように口をパクパク動かしている自分が気恥ずかしく、口惜《くや》しかった。

「お母さんか?　うん、おるよ。すぐに後からくることになっとる」

男の背後から明け方の柔らかい日差しが差し込んでいた。男は何の躊躇《ためら》いもなく靴を脱ぎ捨て、スタスタと奥の座敷へ上がりこんでいった。

男が通り過ぎる瞬間、ミキはそれまで一度も意識したこともなかった男の汗ばんだ体臭が、つんと鼻を突くのを感じた。それは実の父親にはない他人の匂いだった。自分の家の中に他人がいる……。同じ屋根の下で見ず知らずの他人と生活を共にしている。否、家族とは認めたくない、認められるはずもない人間がいることに、常に違和感を感じ、小さな苛立ちを押さえ込んできた。自分が我慢することで家族のバランスが保てるものなら、それはそれで諦めるしかないのだと、ミキは自分自身に言い聞かせてきた。それが大人になるということなのだと。

ミキは今までその男のことで、一度も母親に不満をもらしたことはなかった。それは母を窮地に追い込むことになることを、ミキは痛いほど知っていた。たとえ言ってみたところで何かが変わるわけでもない。むしろ自分の居場所を自ら放棄してしまう結果にしかならないことを、ミキはある恐怖を持って眺めるしかなかった。厭《いや》なら出ていくしかないのだ。ミキは自分の中にその欲求がどれほど大きく膨れ上がっているのか、推《お》し量《はか》ることができなかった。何もかも捨てて出ていく勇気が、その時のミキにはなかった。中学生という不安定な身分を、己の存在の脆弱《ぜいじゃく》さを呪った。自分の旅立ちに加担してくれるものを、この家にミキは何一つとして見出すことができなかったのだった。

ミキはその日朝食も取らずに、一時間も早く家を出た。まだ誰も来ていない教室の中で、椅子に凭《もた》れながら瞼を閉じた。窓からさんさんと降り注ぐ朝の日差しと共に、普段は気付くこともなかった小鳥達のさえずりが耳に入ってきた。萎縮した胃が一時の緊張感から解き放たれて、溜《た》まった胃液を喉元に込み上げてくる。ミキはその苦い液汁を何度も飲み込んだ。瞼の裏に焼き付いた、男の歪んだ微笑《ほほえ》みの中に揺れる二本の濃い睫毛が消えていかない。胸の奥に吸い込んだ男の体臭を、ミキは深い深呼吸と共に吐き出した。ひたひたと身に迫り来る不可解な運命を感じながら、ミキは羽をもぎ取られた小鳥のような自分を意識していた。

家に帰れば、恐らくあの男は母親と連れ立って出かけてしまった後だろう。しかしそれは今のミキにとっては単なる願望でしかなかった。男の言ったことはほんとうのことかもしれない。ただ単に忘れ物をして家に取りに戻って来ただけなのかもしれない。後から母も戻ってきて一緒に何日か過ごすつもりか、すぐまた出かけてしまう気なのかもしれない。いずれにしても、ミキにとってはその男と二人きりで同じ屋根の下で一夜を明かすことだけは考えられないことだった。なぜなら、ミキにとってその男は、まったく見ず知らずの赤の他人にしかすぎなかったからだ。恐らくその男にとっても、ミキのことは自分の子供であるという意識は、つゆほど持っていないことは容易に想像できた。

その男が初めてこの家の敷居を跨《また》いだ時とはすでに状況が変わっていた。この数年の間に、押しとどめようのない変化がミキの中に現われ始めていた。ミキは右手をそっと胸に当てた。すでに手の平には収まり切らないほどに膨れ、張り切った重さを指先に感じた。自分が女になっていく……。けれどミキは右手の指先に漂う乳房の感触が、単なる異物としての感覚しか伝えてこないのを不思議な気持ちで見つめていたのだった。

夕方家に帰ってくると、ミキの眼は玄関の無造作に脱ぎ捨てられてある男ものの靴に釘付けになった。あの男はまだ家にいる……。ミキは必死になって母親の靴を探した。しかしミキの祈るような探索にもかかわらず、母の靴を見つけ出すことはできなかった。ミキは暫く放心したように玄関にたたずんでいた。

「おう、ミキちゃんか、お帰り」

奥から陽気な男の声が聞こえてきた。

酔っている……咄嗟にミキは直感した。でもどうして私だとわかったのだろう。母が戻って来たかもしれないではないか。ミキは台所で手を洗いながら、今朝からの疑いが再び膨れ上がっていくのを感じた。

「晩ごはん、用意してあるぞ。こっちへ来て食べんか」

いつまでも台所でぐずぐずしているミキを不審に思ったのか、男が声を掛けてきた。ミキは観念したように男のいる襖を開けた。ミキの部屋に行くにはその部屋を通り抜けなければならなかったのだった。

「いい、もう食べてきたから」

そう言いながらミキはその部屋を素通りしていった。

「おう、そうか。そりゃ残念だな。せっかく腕によりをかけて御馳走《ごちそう》を作っといたのにな」

男は確かに母親が病弱で寝込むことが多かったせいか、自ら台所に立つことを厭わなかった。どこで覚えたものなのか、料理の腕は悪くはなく、ミキの知らない御馳走がテーブルの上に並んでいることがしばしばあった。男に対する気持ちとは裏腹に、舌が全身でその料理の旨さを感じている自分が疎《うと》ましくさえあった。

「お母さんは？」

部屋を通り過ぎてから閉めようとする襖に手を掛けながらミキが男を振り返った。

「おう、お母さんか……」

と言いかけた男の口が一瞬閉じられるのを、ミキは見逃さなかった。

わずかな沈黙があった。しかしそのほんの数秒間の間に、ミキは背筋が凍るような寒けを感じたのだった。

「さっき、電話があってな。今日はどうしても用事ができて帰って来れんと」

うそだ！　とその瞬間、頭のてっぺんで叫ぶ声が聞こえた。

ミキは音を立てないように襖を閉めて自分の部屋に向かった。

最初から男は母が来ないことを知っていたに違いない。でも、そうだとしたら、なぜ男はそんなうそをつく必要があるのだろう。後から母がやって来ると言ったのは、ミキにへんな警戒心を抱かせないためなのだろうか。でも、結局母が帰っては来ないとわかれば、再びミキを不安に落とし入れることは免《まぬが》れないだろう。今まで母が家を空けることは何度もあったが、常に男と一緒だった。母だけが戻ってこないことは一度もなかったのだった。

ミキは何のために母親がその男と一緒に出かけていくのか知らなかった。男はここから電車で二時間ほど行った町で、何か商売を営んでいるらしかった。男の本来の家もその町にあった。男がこの家にやって来た当初、ミキは母から家を出ていくのはその男の仕事の手伝いをしに行くのだと説明されたことがあった。どんな商売をやっているのか、ミキは特に関心もなく、そのことを母親に尋ねたこともなかった。その頃から、すでにミキの中にある種の諦念が宿り始めていたのだった。

ミキは机に向かって無造作に教科書を広げた。セーラー服のまま着替えもしていなかった。今日は寝まい、そうミキは心に決めたのだった。しかし固い決意にもかかわらず、夜もかなり更けた頃、ミキはうとうとうたた寝をしてしまった。背後に人の気配を感じて、弾《はじ》かれたように後を振り返った。宙に舞ったミキの長い黒髪が触れるほど間近にその男はいた。思わず悲鳴を上げそうになる口元を両手で押さえて、ミキは一瞬その男を凝視した。その刹那、心臓が凍りつくような驚愕《きょうがく》に思考も停止し、どんな言葉もたぐり寄せることができないまま、大きく見開いた眼で暫し呆然と男を見つめ続けていた。

「おう、ごめん、ごめん。驚かしちゃったようだな。明かりがついとったから、どうしてるのかと思って……もう十二時過ぎとるぞ」

男はかなりの量を飲んでいるらしく、眼は血走っていたが、声の調子はまだしっかりしていた。

「なんなの……なんなのよ。何で勝手に人の部屋に入ってくるのよ！」

「おう、ごめん、ごめん。声を掛けたんだけど、返事がなかったもんだから」

ミキはやっと呑み込めた事態と入れ替えに、激流のように込み上げてきた怒りに身をまかせながら力まかせに机を叩いた。

「出てって！　出てってよ！」

「早よう寝ないと、身体に毒だぞ」

そう言ったなり、男はそっと足音を忍ばせるようにして部屋を出ていった。

心臓の高鳴りと共に、激昂した熱い血潮が身体中を逆流していくのがわかった。わなわなと打ち震える唇を制止することができないまま、握り締めた拳をミキは何度も自分のベッドに打ち下ろした。

けれどもミキにはこの自分の怒りが何に対するものなのかがわからなかった。それが苛立《いらだ》ちを募《つの》らせた。その男は、侮蔑《ぶべつ》や嫌悪の対象にはなっても、これほどの怒りの対象にはなりえなかった。ふつふつと湧き起こる怒りがいったいどこからやってくるのか、その源泉を見出すことができなかった。ひたひたと背後に迫り来る黒い影に怒りの拳を振り上げようとしても、その度に影はするりと身を交わして逃げ去ってしまうのだった。

ミキはまだ夜の明け切らぬ内に家を出た。外にはまだ満天の星が夜空を被い尽くしていた。普段とは別の学校とは逆の方角を何度も迂回しながら、大川に出た。土手沿いをとぼとぼと歩いていくと、遙か山並の空が白々と明け始め、みるみると空一面が茜色《あかね》に染め上がっていくのが見えた。

8

その日の夜、ミキは奇妙な夢を見た。

学校から帰ってくると、男はまだ家にいた。昨夜と同じように一人でテレビを見ながら酒を飲んでいた。母親はいなかった。予想したことだった。その予想の中には、もはや一滴の願望も混じってはいなかった。

部屋を通り過ぎる時、男が何かを喋りかけてきたが、ミキはそれには一言も答えずに、無言で自分の部屋に入って行った。頭が重かった。昨夜の徹夜が効いて、学校でも頭が朦朧として授業にも身が入らなかった。何度も閉じそうになる瞼を堪《こら》えるのが精一杯だった。食事もまともなものを口にしていないせいか、身体に力が入らなかった。できればこのままベッドにもぐり込んで眠りたかった。けれど男がいる……あの男がいる限り眠るわけにはいかない。かといって、二日間続けて徹夜する自信もミキにはなかった。取り敢えず、カバンの中から無造作に取り出した教科書を広げて、頬杖をつきながら電気スタンドの光の中に瞳を預けた。どのくらい経過した頃だろう。眠るまいとする抵抗が意識に上る間もなく、ミキはいつしか深い眠りに落ちていったのだった。

その夢は、いままでミキが一度も見たこともないような不思議なものだった。夢の中で無数の花が咲き乱れていた。辺り一面が様々な花々で被い尽くされている。どうやら大川のほとりにいるらしい。けれどもちょっと様子が違う。花の色が皆原色なのだ。まるで色紙で作られたように、どこかとげとげしく、川を渡る風にひらひらと揺れている。その揺れ方も妙にぎこちない。美しい感じが中々こちらに伝わってこない。ある不可解な感を抱きながら周囲を眺めていると、段々と苛立ってくるほどなのだ。逃げたい……どこかへ行こう。どうやらここは自分が住んでいる世界とはちょっと違うようだ。けれど何がどう違うのかが説明できない。どこまで歩き続けていても、全然変わらない風景が延々と続いているだけだ。回りに遮るものとて何一つとしてない。右も左も前も後も、おびただしい数の花々に埋め尽くされていて、それが延々と伸び広がっているだけなのだ。その広大さは推し量ることができない。

歩き続けているうちに、ミキはふと、自分が捕われているという感覚に襲われた。どこまで行っても同じ光景が続いている限り、結局自分はこの風景から逃れることができないのではないだろうか。どこまで行ってもどこにも辿り着くことができないのならば、どんなに先に進んでも出発した地点と同じ風景にしか出会えないのならば、ここは牢獄と同じではないか。はっと、そのことに気が付いた時、自分のすぐ横に大川が流れているのが視界に入ってきた。ミキは無意識のうちに大川の中に入って行った。考える間もなく、勝手に身体が川の方に向かって動き出していくのだ。水深は意外と浅かった。こんなはずはない……。川の流れもゆるやかで、流れているかどうかも定かではない。水はくるぶしの辺りしかなかった。暫く素足を川の水にひたしていると、奇妙なことに気が付いた。川の水は確かにあるのに、足が濡れている感じがしないのだ。眼で見て水があり、しぶきが飛びはねるのがわかる。けれども足に水の感触が伝わってこない。なぜだろう……これはほんとうに川なのだろうか。川底もつるつるしていて砂利の感触ではない。

そのうちミキは、突然の立ち眩《くら》みに襲われて川の中に倒れた。立ち眩みというよりも、何か巨大な重力が、一瞬ミキの肩にのしかかってきて押しつぶされたような感覚だった。ミキは仰向けに川に寝そべったまま、何度か立ち上がろうと試みたが、そこだけ強い重力が働いていて腕を上げることすらできない。けれどやはり衣服は濡れた感じがせずに、水の冷たさも肌に伝わってはこなかった。

やっとのことで上半身を起こしかけた時、目の前に上流からまるでダムの門を解放したような激流が突然襲いかかってくるのが見えた。激流がミキの身体を通過する瞬間、ミキは目を閉じ、歯を食いしばった。風だ！　それも一瞬の突風がミキの黒髪を引きちぎるほどに常に舞い上げては通り過ぎていく。徐々に引いていく風の中で、ミキはふと意識の弛《し》緩《かん》を感じた。と、その刹那、まったく予想だにしなかったほどの激痛を、ミキは大きく広げた両足の股間に感じた。

その瞬間にミキは目覚めた。そして今まで見ていたものがすべて夢であることに気付いたのだった。視界に花は消え、辺りを暗い闇が支配している。いつの間にか両足が大きく広げられている。そしてそれが釘で固定されているかのように動かない。両足をもとに戻そうとしても、足が動かないのだ。ミキは上半身を起こそうと試みた。動かない……。両肩が何者かに押さえ付けられているような感じだ。そうか、これはいつもの金縛《かなしば》りにちがいない。ミキは今までにも何度か金縛りに合ったことがあり、その感覚がまったく同じことに気付いて、暫くじっとしていることにした。目の前に黒い影が被いかぶさってきて、ミキの両肩を押さえ込んでいる。そう……その光景も以前のと同じだ。

けれど、まだ完全に覚めやらぬ夢と現実との間を行き来するうちに、ミキは奇妙なことに気が付いた。今までのとは何かが違う。影がミキの身体の上で上下に動いているのだ。ミキは瞳を凝《こ》らしてその影を凝視した。けれども部屋の中は電気がすっかり消されているらしく、真暗闇で何も見えない。たしか電気はつけっ放しにしていたはずなのに……。ミキの中に覚醒が戻り始めるにつれて、ふつふつとした疑念が急速に膨《ふく》れ上がっていった。そしてその疑念と共に、股間に異物が詰まったような感覚が、突如としてミキの意識の中に侵入してきた。黒い影が動く度に、股間から次第にはっきりとした痛みが伝わってきたのだった。

その疑惑は一つの言葉に結晶しようとした刹那、黒い影がすうっとミキの身体から離れていった。と、その瞬間に、ミキの両足が自由になった。その影が音もなく部屋から出ていく気配がミキの肌に伝わってきた。数秒間、ミキは放心したようにじっとしたまま動かずにいた。やはり、これは夢なのか……。急激な場面の転回に頭が追いついていかず、混乱したままミキは闇を凝視し続けていた。そのうちに奥の方で物音が聞こえてきた。はっと、ミキは我《われ》に返った。ここは自分の家なのだ。そう思った瞬間に、ミキはすべてを悟っていた。目覚めた時に感じた疑念が何なのか、金縛りの黒い影の正体が何なのか、夢の中で股間を襲った激痛が何だったのかを。

ミキは弾かれたようにベッドから飛び起きて、部屋の明かりのスイッチを入れた。すべてが夢であってくれればいい……。一縷《いちる》の祈りにも似た望みも空しく、ミキの網膜に飛び込んできたのは、自身の理解をはるかに越えた考えるもおぞましい無残な光景だった。ミキの下半身は素裸だった。上半身に着ていたセーラー服はズタズタに引き裂かれ、ブラジャーからは乳房がはみ出している。ベッドのシーツが真赤な血の海に染まっていた。ベッドの上に仁王立ちになったミキの股間からも、まだ血が流れている。いや、血ではない。何かどろどろとした粘着質の液体だ。それが赤く染まり、太腿を伝って次から次へと流れ落ちていくのだ。

それが夢でも幻覚でもない、紛《まぎ》れもない現実であることをはっきりと認識しながら、ミキはそれが事実であることを信じることができないでいた。ミキはただ呆然と立ち尽くしたまま、股の間から流れしたたり落ちる液体を目で追い続けていた。これは事実ではない……あるわけがない。こんなことが現実に起こるはずがない。これは夢だ。まだ私は夢を見ているだけなのだ。ミキの頭の中で、未だかつて一度も経験したこともないような否定が働いていた。激しい拒絶感が、ミキにどんなわずかな行動すら取らせないでいた。全身を石のように激しく硬直させたまま、ミキはただひたすらこの悪夢から覚めることだけを祈った。

再び奥の方から物音が聞こえてきた。ドアを開ける音だ。その音で、ふとミキは我に返った。男だ！　あの男が家から出ていく……。ミキの頭の中に一切の思考が消えていた。何も考えることができないまま、瞬間的に身体が動き出していた。ミキは自分でも訳がわからない大声で叫びながら、玄関の方へと駆け出していた。

逃がすわけにはいかない。逃がしてなるものか。ミキは自分が何をしようとしているのかわからなかった。けれど全身の筋肉の収縮と共に、身体の中から劫火《ごうか》のような怒りが奔《ほん》流《りゅう》のように込み上げてくるのを感じていた。裏口の玄関に通じる台所の硝子戸を開けた時、男はミキの叫び声を聞きつけて、ドアの取っ手に手を掛けたままこちらを振り返った。ミキのあられもない半裸の姿を見て、流石《さすが》に男は驚いた様子で、一言も発することができないでいた。服はスーツ姿に着替えられ、肩からは黒いショルダーバックが下げられていた。ミキはひるむことなく、キッチンに掛かっていた出刃包丁を手に取って男に飛びかかっていった。

「けだもの!」

激しい憎悪が身体中を満たし、高圧電流が身体中の毛細血管から流れ出して全身の皮膚を打ち震わすのを感じた。

ミキの切りつけた刃が男の頬をかすめた。しかし、予想を越えたミキの行動に、反射的に上体をかわそうとしてよろけた身体のバランスをとるために無意識に振り上げた男の右手の甲に包丁が当たった。その瞬間、グキッという鈍い響きがミキの指先に伝わってきた。

「痛っ!」

男は思わず顔をしかめて、手の甲を左手で塞ぎながら腰をかがめた。それまでミキは頭が真白のまま一点の迷いも交じることなく取り続けてきた行動が、その男の様子を見て一瞬ひるんだ。ハアハアと肩で荒い息を繰り返しながら、どんな行動も見逃すまいと、ミキは男の一挙手一投足を見守っていた。

ううっと男は声にならないうめき声をあげたまま、その場にしゃがみ込んだ。ミキの刃の下で無防備な姿をさらす男の様子を眺めながら、ミキは奔流のように一気に頭に駆け上った血流が、次第に引いていくのを意識していた。そしてその隙間に思考が入り込んできた。今ならこの男を殺せる……ミキは冷静さを取り戻していく意識の中でそう考えていた。考えながらミキは、ゆっくりと出刃包丁を握る手に力を込めていった。

怒りはあった。憎悪も減ずることなく続いていた。けれども死の観念がミキの頭を横切った時、ミキの心の中に一つの恐怖が忍び込んできた。自分にほんとうにこの男が殺せるだろうか……。ミキはゆっくりと両手で握り締めた包丁を頭上高く振り上げていった。

「けだもの！」

そう叫びながら、しかしミキは一瞬待った。男は顔を上げながら頭上の包丁を見つめた。

「待ってくれ、ミキちゃん！」

余程の激痛だったせいか、男の目には涙があふれていた。そのキラリと光る反射光がミキの瞳に飛び込んできた。

ミキは待っていた。この頭上に振りかざした包丁の振り下ろす力が全身から込み上げてくるのを。

「おれが悪かった。許してくれ。こんなつもりじゃなかったんだ」

男の視線がミキの無防備な股間を捕えていた。そこにはわずか数分前にその男が犯した無残な痕跡がそのままの形で残されていた。男の額からは汗が吹き出し、台所の明かりにキラキラと輝いていた。

なぜ？　なぜこの手を振り下ろせないの？……。ミキはまだ覚めやらぬ意識の中を、全身に駆け巡っている怒りの奔流に身を打ち震わせながら、必死で自分に問いかけていた。ミキはなぜ次の行動が打ち出せないのかわからなかった。すでにミキの頭の中には冷静な思考が戻ってきていた。男の言葉に無意識のうちに反応している思考回路が、ミキの次なる行動の妨《さまた》げになっていた。ミキにはそれがわからなかった。唇をぶるぶる震わせながら男の行動を凝視し続けていた。

男は再び玄関にうずくまり、左手で被った手の平をそっと広げてみた。右手の甲一面が血で染まり、開いた手の隙間からどくどくと血が流れ、地面にしたたり落ちていくのが見えた。手の骨が折れたかもしれない。ミキは包丁を打ち当てた時に、握り締めた手の指先に伝わってきた感触を思い出しながら思った。その男の様子を目で追い続けているうちに、ミキは次第に自分の気力が萎《な》えていくのを感じていた。連日の徹夜と空腹感で、体力は消耗し切っていた。あまりにも大きな怒りと激しい緊張感を支え続けるには、もはや限界にきていることがミキにもわかった。そのことがミキに焦燥感をつのらせた。ミキは再び包丁の握りに力を込めて、頭上高くかかげていった。

「お前なんか、死んじまえ!」

あらん限りの声を張り上げて叫んだ後、ミキは男に切りかかっていった。

しかし、その叫びと包丁の振り下ろすのとは同時ではなかった。男はミキの叫び声に弾かれたように身をかわした。刃は空しく空を切っただけだった。けれどもミキはその一握りに触発されて、再び握りを変えて男に飛びかかっていった。

瞬間、男は立て膝をしながら両手でミキの手を受けとめた。がっしりとした強い力がミキの両手首に伝わってきた。再びミキは力を奪われたのを感じた。そしてその刹那、一旦萎えた気力がむらむらと込み上げてきた怒りと共に全身に駆け巡るのを意識したのだった。

「この、けだもの!」

ミキは腹の底から湧き上がってくる怒りと共に、目前に迫った男の顔に唾《つばき》を吐きかけた。

ミキは燃えるような瞳で男を睨《にら》みつけた。けれども男の表情からは一切の覇気《はき》が消え失せ、何の訴えも伝わってはこなかった。それがミキには不思議な気がした。ミキの唾を顔をそらすことなく受け止めた瞳は、疲れ切って、むしろ悲しげな表情さえ浮かべているようにも見えた。

「訴えてやる！　お前を訴えてやる。私は許さない。お前を絶対に許さない」

許すもんか、という言葉をミキは何度も心の中で叫び続けた。いつもの思考がミキの中に戻ってきていた。その思考の中で一つの決意を固めるように、自分に言い聞かせるように何度もその言葉を叫び続けた。しかしその固い決意も、ミキの心の中にほんのつかの間の停滞しかもたらさなかった。次の瞬間に、男の口から出た言葉でミキは自分の決意がもろくも崩れ去るのを感じたのだった。

「待ってくれ！　ミキちゃん、おれが悪かった。ほんとうに悪かった。この通りだ」

そう言いながら男はミキの手を放し、玄関に土下座して床に額をこすりつけた。

そして男は言った。

「この償《つぐな》いは一生かけてもするから」

つぐない？　一生？　どう償おうというのだ。お前は私の一生をめちゃくちゃにしてしまったのだ。もはやどうあがいても罪の償いなどできるはずがないではないか。もしあるとすれば、お前の行く先は牢獄《ろうごく》しかないのだ。どんな男の表情も振る舞いも、もはやミキの心には響かなかった。しかし、男の次の言葉に、ミキは一瞬我を失なった。

「けど、これはお母さんも知っていることだから……」

え！　その瞬間ミキは声にならない声を上げながら、頭の中からすべての血液が一気に抜け落ちていくのを感じたのだった。

力を失なったミキの手から、包丁がするりと擦《す》り抜け、ゴトリという音と共に床に落ちた。

お母さんが知っている？……それはどういう意味？　どういう意味なの？　しかしそれは声にはならなかった。

男はそんなミキの様子を確認するように、半開きのドアからすっと身をかわして出ていった。男はその後、二度と再びこの家の敷居をまたぐことはなかった。

9

母親は男が出て行ってから、三日後に家に帰ってきた。母親は自分が戻ってきたことをミキに告げず、ミキもまた母親に声を掛けなかった。

この三日間、ミキは学校を休んで一歩も家を出なかった。ベッドにもぐり込んだまま、男が最後に言った言葉の意味をひたすら考え続けていたのだった。このことは母親も知っている……と男は言った。それは何を意味するのだろう。ミキに訴えると言われて、苦しまぎれに男が思いつきで言い放った言葉にすぎないのだろうか。それにしては男の苦渋に満ちた表情が気になっていた。男はそのことを言うつもりはなかったのだろう。けれどミキの思わぬ固い決意に合って、男はほんとうに自分が牢獄につながれる危機感を感じたのかもしれない。もしそうであるなら、それは単なる付け焼き刃の言い逃れであろうはずがなかった。

お母さんが私を売った?……この三日間、ミキはそのたった一つの言葉と格闘を続けていたのだった。お母さんがあの男に私を売った? まさか、まさかそんなことがあろうはずがない。母親が実の娘を、たとえ血がつながっていないとはいっても、父親であるあの男に売るわけがないではないか。

何のために? いったい何のために、そんなばかなことをしなければならないというのだ。これは何かの間違いだ。あんな獣《けだもの》の言うことなどに惑《まど》わされてはいけない。実の父を追い出し、母親を騙《だま》し、娘さえも犯して、この家を最後の最後までめちゃくちゃにするつもりか！　そんなことがあろうはずがない。そんなことがあってはならない。そんなことが許されるはずがないではないか。

男が出て行った翌日、ミキはベッドにもぐり込んだまま一歩も外に出なかった。一切の食事も水も取らずに考え続けていた。食欲もなかった。疑惑に対する極度の意識の集中のためか、その夜は一睡もすることができなかった。二日目の明け方、トイレに起きたついでに台所に寄ってコップ一杯の水を飲んだ。胃底にひりひりするような空腹感を覚えて、冷蔵庫を開いた。冷蔵庫特有の食物の腐《くさ》ったような臭気を胸の奥に吸い込んだ刹那、ミキは思わず嘔吐感を感じて口を押さえながら冷蔵庫の扉を閉めた。そして、もう一度コップになみなみと水道の水をそそぎ、息を止めて一気に飲み干してから再びベッドに戻ったのだった。

ひょっとしたら、お母さんはあの男に何かを強迫されていたのかもしれない……。何か命にでもかかわるような弱みを握られ、その弱みにつけ込んで色々なものをゆすられていたのかもしれない。お金を、財産を、この家を、そして娘を……。決して母親は承諾したわけではない。認めるわけがないではないか。たとえ、うんとは言わなくても、その申し出を拒否したとしても、男の行動まで阻止することはできなかったのかもしれない。そしてもし阻止することができなかったことで、間接的にも男の条件を呑んだことになるのなら、母にとってそれが不可抗力でしかなかったのなら、母を責めることはできないのではないだろうか。

三日目の朝、ミキは起き上がろうとして、まったく上体に力が入らないことに気が付いた。この三日間ほとんどまともなものを口にしていなかった。いや、男がこの家にやって来た時から、ミキは今まで自分が何を食べてきたのかすら記憶にないほどだった。

食べなきゃ……何かを食べなきゃ飢え死にしてしまう。この家には誰もいないのだ。ミキはベッドから抜け出て、這《は》ったまま台所に向かった。空腹のあまり手足がぶるぶる震え出すのがわかった。冷蔵庫を開け、息を殺して中味を物色した。幸い中には男が料理をするために買い置きしていた食物がまだかなり残っていた。しかしそのほとんどが料理の材料となる野菜や魚介類で、そのまま食べられる代物ではなかった。ミキは暫く思案したあげく、半身のキャベツを取り出して、一枚皮をむしり取って口の中に押し込んだ。ばりばりという音が、異様な大きさで耳に響いてきた。味はそれほど悪くはない……。続いて数枚を良く噛《か》んで食べると、すこしは胃が落着いてきた。今度は大根を取り出して、二つに折ってかぶりついた。しかしこれは苦くて食べられそうもない。再度冷蔵庫の中を物色して奥の方に青いキュウリがあるのを見つけて、これも頭からがぶりとかぶりついた。水気が多くほのかな甘みもある。これなら食べられそうだ。

ぼりぼりという音が妙に滑稽《こっけい》に聞こえる。まるで自分が檻《おり》の中の野獣になったような気がして、ふと笑みがもれた。でも、うまい！　ミキは一瞬我を忘れ、無我夢中でキュウリを頬張り続けていた。そしてまるごと一本食べ終わる頃、ミキは何か冷たい水滴がキュウリを握っている手に落ちてくる感触を感じて、ふと我に返った。まるで降り出した雨の雫《しずく》が手にかかったような感じなのだ。でもここは家の中だ。何だろう、これは……。けれどその水滴は次から次へとしたたり落ちてくる。どこから落ちてくるのだろう。と、顔を上げたその刹那、ミキは唖然《あぜん》となった。止め処もない涙が目から溢れ出し、頬を伝って流れ落ちているのだった。まさか、涙なんて……。ミキは不思議な気がした。私は悲しくはない。悲しくもないのに、なぜ、涙が出てくるのだろう？

この一週間あまりミキの心を支配していたのは怒りだった。あの男に対する激しい憎悪が体中の血液の中を駆け巡っているのをミキは感じ続けていた。それ以外の感情などあろうはずがない、とミキは思っていた。事実、ミキは今まで一度も泣かなかった。たった一滴の涙すら流さなかった。怒りが悲しみを認めなかった。憎悪が自身の敗北を一切許容しなかったのだ。ミキは戦う決意をしていた。たとえその結果がどのようなことになれ、断固として戦い抜き、勝利を勝ち取ることに何の迷いも感じてはいなかった。けれどその固い決意も、男のたった一言でもろくも覆《くつがえ》されてしまった。

怒りがいつの間にか猜疑《さいぎ》心に変わっていった。一日、急速にしぼんでしまった風船が、たった一つの疑惑でみるみる膨れ上がっていった。極度の精神の緊張と、急激な感情の変転に、ミキは自分の位置をつかみかねていた。今までミキが学び信じてきた正常と異常の境界線が、すっかり忘失《ぼうしつ》してしまっていた。ミキは今、自分がたった一人なのを感じていた。今、この瞬間に、自分が悪いと判断すれば、それはまったく許容の余地のない悪であるような気がした。しかし、もしそれを良いと判断してしまえば、それはそれで許容されてしまうような気もした。それが不思議な気がした。何が正しくて何が間違っているのか、どこまでが許されてどこまでがだめなのか、ミキにはわからない気がした。どんなに考えても、ミキには解答を導き出すことができなかった。

けれど誰がこの気持ちをわかってくれるだろう……。誰に訴えれば良いのだろう。たとえ訴えたとしても、聞いてくれる人がいたとしても、誰がこの気持ちを理解してくれるだろう。理解してくれる人が、果たしてこの世の中にいるのだろうか。キュウリのほのかな甘みの中で、ミキは自分がこの世の中でまったく一人ぽっちなのを感じた。激しい嗚咽《おえつ》が腹の底から込み上げてきた。そしてそれが全身を痙攣《けいれん》させた。もはやミキは自身の身体を支えることすらできなかった。床に転がったキャベツの皮に頭をつけて、込み上げてくる嗚咽に身をまかせながら、ミキは激しく泣きじゃくった。涙は後から後から押しとどめようもないほど流れ出しては床に落ちていった。

「お母さん、聞きたいことがあるの」

しかし、ミキは帰ってきてもミキと顔を合わせようともせずに、居間のテーブルに頬杖をつきながら黙りこくっている母親の姿を見て、この三日間の疑惑がある確信に変わっていくのを感じていたのだった。

でも、聞かなければならない……。このままうやむやにするわけにはいかない。この人は自分の母親なのだ。どんなことを言われても、聞く覚悟はできていた。あらゆることが考え尽くされていた、と、ミキは思っていた。すべて悪いのはあの男なのだ。母ではない。どんなことを聞かされても、母を許そう、そうミキは考えていた。許すことができると思っていた。実の母娘《おやこ》なのだから……。

「知ってるんでしょう?」

けれど母親はそれには答えず、テーブルの上で頭を抱え込んでいた。何も答えなくても、その態度が母親の心を物語っていた。

ミキは母親の向い側に回ってテーブルに手をついた。

「あの男に聞いたんでしょう?」

けれども母親はそれにも答えずテーブルに突っ伏した。

やっぱりあの男にゆすられていたんだと、ミキは母親の苦渋に満ちた様子を眺めながら思った。汚濁《おだく》に満ちた自分の心が次第に晴れていくのがわかった。自分の予想は間違ってはいなかったのだと。

「私、訴えてやるつもりよ、あの男。覚悟はできてるの。徹底的に戦ってやるわ」

テーブルの上に突っ伏した母親の項《うなじ》が、かすかに左右に揺れるのが見えた。

「大丈夫よ、お母さん。私のことは気にしないで。覚悟はできてるから。こんなことされて泣き寝入りなどできるものですか。私、戦ってやる。徹底的に戦ってあの男を牢獄にぶち込んでやるわ」

再び母親の頭が大きく左右に揺れた。

「できない……」

か細い、かすれた母親の声がミキの耳に届いてきた。

「できない？　心配ないわ、お母さん。私のことは心配しないで。このままじゃ、私の気持ちが治まらないから……」

突然、母親ががばっと顔を上げた。

「そうじゃない……できない、できないの。ミキちゃん、ごめん、ごめんなさい……」

訴えるような目でミキを見つめる母親の目は、泣きはらした後のように真赤に充血していた。髪はぼさぼさで、化粧はいたるところ剥《は》げ落ちていた。一目で寝不足とわかるように目は落ち窪《くぼ》んで隈《くま》ができ、目尻の皺に化粧が浮かび上がっていた。家に帰ってきてからまだ着替えもせず、耳に付けた白いイヤリングが妙に不釣り合いで痛々しくミキの目に映った。

「できないって、それどういう意味？……わかっているわ、お母さん、あの男にゆすられていたんでしょう。平気よ、私。負けるもんですか」

「ちがう、ちがうの、ミキちゃん。ごめんなさい。母さんが悪いの、許して。みんな私が悪いのよ。許して、ごめんなさい……」

ミキは訳がわからなかった。母親があの男にゆすられている、それは母親の様子から見ても疑いのない事実のように思われた。しかし……それにしてもこの母親の謝り方は何だろう。いくら母親が知っていたとしても、それは母親にとってなす術もない不可抗力のことではないか。それなのに、なぜこれほどまでに自分を卑下するような謝り方をする必要があるというのだろう。

「何かあったの？　お母さん、話して。私、覚悟できているから。あの男に何をゆすられていたの？　私、何を聞いても驚かないから、ねっ、話して」

けれど、ミキが何度なだめすかしても、母親はテーブルに突っ伏して泣きじゃくったま、ま、その日はとうとうそれ切り口を開くことはなかった。

翌日からミキは学校に通い始めた。学校には休む前に風邪だという連絡を入れてはいたのだったが、あまりにもミキのやつれように皆一様に驚いた様子でミキに問い掛けてきた。ミキはそれらの一人一人に笑顔で対応していった。しかし、もはやどのような友達の励ましも心に響いてはこなかった。授業も上の空で、何一つ頭の中に入ってくることはなかった。

ミキの心を支配していたのは、一つの決意だった。そして不可解な母親の態度だった。

母親のミキに対する執拗《しつよう》な謝罪が、ミキの固い決意の中に侵食し始めていた。このたった一つの決意が、かろうじて今のミキを支えていた。けれどその唯一の支えを母親が切り崩そうとしている……。ミキは再び自らの内に湧き起こった疑惑と格闘しなければならなかった。何度もミキは母親にそのことを問い質した。しかし家に帰ってきた次の日から寝込んでしまった母親に、執拗に問い詰めるわけにもいかなかった。

学校から帰った後、おかゆを作って母親の寝床に運ぶのがミキの日課になっていた。朝はいつもより早く起きて朝と昼の二食分のおかゆを作り、母親の枕もとに置いて学校に出かけた。ミキが寝床に近付いて行くと、母親は固く瞼を閉ざしたまま、ミキのどのような問い掛けにも一切答えようとはしなかった。数日の間に、母親はみるみると痩《や》せ衰えていった。固く閉ざした瞼の中に、ミキは母の心中を推し量ることができなかった。何か自虐《じぎゃく》的とも思える母親の頑な態度に、ミキは母親に対する同情がいつしか不安に変わっていくのを感じていた。ミキにはどうすることもできなかった。ただ待つしかなかった。いつか母親が心を開いて語ってくれるのをただひたすら待つしかなかった。

しかし、その日は思ったより早くやってきた。一週間ほど経ったある日、ミキが学校から帰って来ると、母親は頭からすっぽりと毛布を被ったまま、家に帰ってきた日と同じ格好でテーブルに頬杖をついてぼんやりと考え事をしていた。

「どうしたの、お母さん？　寝てなきゃだめじゃないの」

母親の身体が回復したわけではなかった。ミキは母親の口から事の真相が聞かれるのは、体力が回復して精神も安定した時だと思っていた。そしてそれは母親の様子からしてかなり先になると予想していたのだった。

「ミキちゃん、ごめん……母さんが悪いの……」

ミキはセーラー服のまま母親の向い側のテーブルに腰をおろした。

頬はすっかり痩せこけ、寝巻きからむき出しの腕も骨と皮になっている。久し振りに正面から対座して見る母親の顔に以前の面影はまったくなかった。

「いいのよ、お母さん、何も言わなくても。体力が回復してからでも遅くはないわ。何も心配しなくていいから……」

「ごめん、ごめんなさい、みんな母さんが悪かったの……」

両手で頭を抱えた母親の瞼からは、涙が吹き出し、ぽたぽたとテーブルに落ちていった。

ミキはその様子を眺めながら、母親が喋りたくなって、喋ろうと決意して喋っているのではないことがわかった。体力が落ち、気力も次第に萎えていくうちに、自分の中の葛藤《かっとう》をもはや支えきれなくなったのだった。

母親の頭の中に、蛍光灯の明かりに照らし出されて白く光るものが見えた。いつの間にか老け込んでしまった母親の無残な姿を見つめながら、もはや自身の想像をはるかに超えた内容が母親の口から語り明かされることを、ミキは直感していた。

「仕方なかったの。どうしようもなかったのよ……」

母親はテーブルの上で頭を抱えたまま、ぽつりぽつりと語り始めた。

「いいのよ、お母さん。あの男に脅迫されていたんでしょう?」

「全財産をあの男に奪われてしまったのよお」

ミキは驚かなかった。それはすでにミキが予想していたことだった。母親の実家はかなり裕福な資産家で、すでにその財産の一部を母親が相続で手にしていることを、ミキは母親の口から聞かされて知っていた。実際にどれほどの額になるのかは知らなかったが、親子三人が一生食べていかれるほどの金額であることが、母親の言葉のニュアンスから察せられた。その財産のすべてを、母親はあの男の商売の借金の返済のために貢《みつ》いでしまったのだった。それは正式な書類を取り交わした上での貸付けでもなんでもなく、まったく返ってくる当てのない単なる贈与にすぎなかった。

「だまされた……」

母親は吐き捨てるように言った。裏切られたのだと言って、テーブルに突っ伏して泣きじゃくった。

ミキはそんな母親の様子を冷めた意識で眺めていた。ミキにはどうしてもわからなかった。そんな卑劣な男のために、しかも返ってくる当てもないお金を、何で用立てしなければならないのか。自分の夫だからなのか？　もしそうであるのなら正式な届出は出してあるのか？

「籍は入れていない」と母親は首を横に振った。

では、なぜ？……。

それは、愛なのだと、母親が答えた。

愛？　愛ってなんなの……。

それは、まだ今のお前にはわからないだろう、としか母親は答えなかった。そしていつかわかる時がくるだろう、と。

わからない……とミキは思った。わからなくていいと。全財産を貢いで、騙され裏切られて、罵り泣き喚《わめ》くことしかできないのが愛なら、そんなものはいらない、知りたくもないと。

「あの男は言ったわ」

母親はふと記憶の糸をたぐり寄せようと、虚《うつ》ろな眼差しを宙に漂わせながら言った。

「お前には、もう見返りになるようなものがないだろうと」

一文無しになって、母親があの男にわずかばかりの生活費を要求したのだった。

私は全財産を与えて何の見返りも要求しなかったのに、そんなばかな話があるかと、母親は肩を震わせながら言った。その時、初めてあの男に騙されていたことを悟ったのだと。そしてその時、恐怖が母親の全身を捕えたのだった。今まで一度も金のことなど心配したことがなかった母親が、全財産を奪われ、一文無しになって初めて死の恐怖を間近に感じたのだった。

もはや自分の身体は何の価値も持たないことを、母親は敗北感の中で味わっていた。その時、閃光《せんこう》のようにある考えが母親の脳裏を横切ったのだった。生活の資《もとで》を男からせしめるための見返りを、どちらが先に口に出したのか、ミキはそのことを母親に問い質した。しかし母親はその問いには答えなかった。ある程度まとまったお金を手に入れたことを、母親はミキに白状した。その大金をせしめるために、母親はその男と交渉したのだろう。

そのためには、その見返りの価値を声高に売り込まねばならなかったろう。もうミキにはすべてが明らかになっていた。母親の答えを聞くまでもなく、母親の沈黙がすでに明白な事実を物語っていた。

この母親は私を売ったのだ！　あの男に、あの野獣《けだもの》に、私をいくばくかの金で売り渡したのだ。けれど、ミキはもうそのことにも驚かなかった。すでにこの家に帰って来てからの母親の不可解な言動で、ある程度は予想していたことだった。ただ、それはあるはずがない、あるべきではない、あってほしくないというミキの一縷の祈りが、その予想を思考に侵入してくることを許さなかったのだった。全身の脱落を感じながら、ミキは自分の部屋に戻っていった。

「許して！　ミキちゃん！」

外に出て火照《ほて》った身体を夜の冷気に晒したい。止むに止まれぬ衝動が体の奥からミキを促していた。息を殺して母親の枕元を通り過ぎ、音を立てないように玄関の扉を閉めた時、ミキはふと一瞬の爽快感が身体を駆け抜けるのを覚えた。ミキは大川に向かって歩き始めた。かすかに夜を渡る風が、ひんやりと火照った頬にまとわりついてきて心地良かった。町はひっそりとした静寂に包まれ、人影も絶えて見当らなかった。夜空には満天の星がきらめいていた。大川の土手の上に立つと、散在する人家の明かりがちらちらと輝き揺れている。ミキは大川の上流に向かって身体の赴《おもむ》くまま遡《さかのぼ》っていった。こんな夜更けに一人で大川の土手を歩くのは初めての経験だった。暫く歩くうちに、ミキは次第に時間の感覚を失なっていった。夜が更けたからといって、闇が深まるわけでもない。空には無数の星々や月明かりが目の前の道を照らし出してくれている。日没に学校から家路に向かっている風景とたいして違いはなかった。

不思議とミキの頭の中には何の想念も浮かんではこなかった。むしろ一つの出来事が決着した後のような爽快感すら感じていた。それがミキには不思議な気がした。もう何も考える必要はない。すべては終ったのだと。けれどミキは自分がどこへ行こうとしているのかわからなかった。何が自分を突き動かしているのか……。ただ漠然とした思いだけがミキの心を支配していた。

今まで自分の遙か意志の及ばないところで、まるで嵐の海に揺れる小舟のように運命に翻弄《ほんろう》されてきた。自分の力では何一つ状況を変えることができなかった。しかし、今、ミキはこの大川の土手を一人で歩きながら、ある種の自由を感じていた。決められた日常の習慣から抜け出して、今、この時を、自らの意志で自らの望む方向に歩いていくことができる……そのことに不思議な驚きを感じていた。自らの意志で、この悪夢のような運命を絶ち切ることすらできるかもしれない……。そう思うと、ミキは身体の中にみなぎるエネルギーすら感じた。ミキはどんどん上流を遡っていった。——もっと先まで行かなければ……。それまで自分が行ったこともないような、さらにその奥まで足を踏み入れなければならない。次第に森の木の丈《たけ》が高くなっていく。

やっとミキは、その場所が今まで自分が来たことのない地点であることを確認して足を止めた。かなりの時間を歩き続けた感覚があった。見慣れぬ風景に、むしろ安堵《あんど》感を覚えている自分を感じていた。ミキは躊躇うことなく土手を下って川の辺りに立った。そしてその時、初めてミキは自分を突き動かしていた衝動が何だったのかを悟ったのだった。

ミキはそっと靴を脱いで素足を川面にひたした。その瞬間、あまりにも冷たい川の水の感触が、電流のように全身を駆け巡った。ミキは思わず身体がぶるぶると震え出すのがわかった。震えを堪《こら》えようとすればするほど、余計大きな震動となって体中に伝播していった。食い縛ろうとした歯がガチガチ鳴るのが異様に大きく耳に響いてきた。ミキは足を川面から抜いて、岸辺にしゃがみ込んだ。

——私はいったい何をしようとしているのだろう……。初めてミキの中にある想念が脳裏を横切った。夢遊病者のように私はただ夢を見ていただけにすぎないのだろうか。いや違う。ミキはベッドから抜け出した時、自分の中に激しい欲求が渦巻いているのを感じていた。その欲求がミキをここまで運んできた。ここまで、その欲求は明確にミキの意識に登ることはなかった。ミキは自分はすべてのことを知っていると思っていた。もはや隠された秘密事など何一つとしてありはしないのだと。けれど、何かがそれを拒んでいる……白日のもとに晒すことに必死の抵抗を試みているものがある。それは何だろう。

私は死ぬことはない。死ぬ必要なんかない……心の中で、そう誰かが叫んでいるのをミキは聞いていた。そして同時にもう一つの声も。では、いったいどのように生きれば良いのだろう……この先、どう生きれば良いというのか、この地獄のような生を。

ミキは再び歯を食い縛って川面に足を踏み入れた。何か激しいエネルギーが込み上げてくるのを感じながら、ミキは一気に川の中を進んで行った。再び身体中が震え出すのがわかった。ミキは目を閉じて、湧き上がるエネルギーに身を任せるように突き進んで行った。川の水がスカートを濡らすのを感じた。膝小僧から太腿へと次第に水位が上がっていく。流れはそれほど速くはない。雨が降れば濁流となって土手の上の方まで水位が上がるこの川も、今はちろちろという穏やかな水音を響かせてゆっくりと流れていた。水流に足を取られることもなく、ミキは足の赴くまま進んで行った。硬く瞼を閉ざした真暗闇の世界の中に、ハアハアと肩で息する荒い呼吸だけが、異様に大きく耳元に響いてきた。

川の水位が腰の辺りまで迫ってきていた。スカートの中に空気が入って、風船のように膨らんでくるのがわかった。川底の小さな石が素足に当たって痛かった。流石にこの辺りまで来ると、流れに足を取られて中々前に進んでいかない。刺すような痛みが下半身から伝わってきた。再び歯がガチガチと鳴り出した。強く歯を噛み締めると、その分の力が首に伝わって頭がガクガクと上下に揺れた。ミキはあえて流れに逆らおうとはせず、水流に流されるまま斜めに進んで行った。

水位が臍《へそ》のところまで上がってきた。寒い……凍るような寒さが全身を包んでいく。湧き起こるエネルギーに身を委ねて全神経を集中させようとしても、身体中に波打つ震えが次から次へとその緊張感を奪い取っていく。握り拳に力を込め、太腿で強く水を蹴った。急がなければならない……何かに急き立てられるように川の中を突き進んでいった。もう少しだ、もう少しですべてが終る……。胴の回りをひたした水がやけに重々しく感じられる。水流に逆らって前屈みになって進んでいるせいか、水圧がさらに腹にかかるのだ。川底の石に足を取られそうになって、ミキは思わず両手を水の中に入れた。その瞬間、上体が傾いたまま上半身の半分ほどが川に没した。春から夏に向かうこの季節でも、山からの湧き水を運んでくるこの川の水は、まだ刺すように冷たかった。両手を川にひたすと、その冷たさがより一層肌身に伝わってきた。胸の辺りまで濡れたセーラー服がぴたりと胴体に纏《まと》わりついてくる。ミキの頭の中に、ふと母親の顔が浮かんだ。苦悩に歪《ゆが》んだ表情でじっとミキを見つめている。その目は何かを訴えようとしているように見える。櫛《くし》も入れない白髪混じりのぼさぼさの髪がひらひらと風に揺れている。そして、あの男の顔が……白い歯を見せて卑屈な笑みを浮かべている。ミキは思わず首を振った。途切れ途切れの記憶が、フィルムの逆回転のように次第にスピードを上げて流れていった。ミキは両手で耳を塞いで激しく首を左右に振った。そして全身の力を太腿に集中させて川を突き進んでいった。

身体の中にエネルギーが爆発していた。水を蹴る膝の感触にそのエネルギーの起爆が伝わってくるのがわかった。足がスムーズに前に出た。両拳で水を打った。水しぶきが顔に跳《は》ねた。意識が次第に呼吸へと集中していく。鼻から口へ、口から肩へ、そして胸から大きく波打つ腹へと。極度の集中の中に全身を打ち震わすような緊張感が戻ってきた。記憶の映像を一瞬遮断してしまうほどの覚醒がミキを捕えていた。もはや寒さは感じなかった。

水の冷たさも全身の神経が麻痺してしまったかのように意識に登ってくることはなかった。いける……最後の勇気……このまま行けば……しかし急がなければ……。胸の中に昂揚感が湧き上がってくるのを感じた。けれどもそれは燃え尽きる蝋燭《ろうそく》の一瞬の輝きほどのわずかばかりのものでしかないこともミキにはわかっていた。その不安がミキを急き立てたのだった。進むにつれて次第にエネルギーの破片《かけら》が焦燥感に変わっていった。なぜだろう……なぜ焦る必要があるのだろう。ミキは身体の中に巡るすべての力を解き放ってしまいたい衝動を感じた。しかし川底を踏みしめる両足が頑にそれに抵抗している。なぜだろう……。臍の回りを浸した水の感触の不確かさを感じていた。まだこれでは足りない。上半身が自由すぎる。ここではまだ水の抵抗が弱すぎる……川のあまりにも穏やかな流れにも、ミキは苛立ちを感じ始めていた。泣きたくなるほどの焦燥感が、いったいどこから何のために湧き起こってくるのか、ミキにはわからなかった。そしてその苛立ちにも似た焦りに、頑として抵抗を試みようとする足の赴く先がどこなのか、ミキにはわからない気がした。ただその二つの感情が相容れないまったく別の方角に向かうものであることだけが察せられたのだった。抵抗がそれに打ち勝とうと、さらなるエネルギーを互いの感情の上に積み重ねていく。いずれが勝つとも知れず、際限のない戦いの中に、それは耐え得る精神の臨界点へと目指して登りつめていった。訳もなく、自分の意志とは関係なく手足が動き出すのがわかった。妙に冷静な自分がいることをミキは感じていた。その冷めた意識が崩壊に向かっていくもう一つの自我《じが》を眺めていた。しかしその意識は何ら意志を持たなかった。何の感情も、判断も、迷いも躊躇いも、善も美も、嘲《あざけ》りも危機感も、怒りも恐怖すら。そこには過去も未来もなく、ただ凝縮された今だけがあった。

ミキは再び足を蹴った。渾身《こんしん》の力を込めて太腿を蹴り上げた。叫び出したい衝動が胸に突き上げてきた。腹筋が激しく収縮するのを感じた。押しとどめようと意志するよりも早く、身体が無意識のうちに反応していた。もう抵抗するのは止めよう……ふとそんな思いが一瞬脳裏を横切った。それは耳元で囁《ささや》く何か他人の言葉のようにも聞こえた。頭の中で一つの縺《もつ》れが解けるのを感じた。とその瞬間に、今まで固く張り詰めていた太腿から、すっと力が抜けていくのがわかった。歩行の速度が急速に落ちていく。足はただ今までの惰性で動いているにすぎなかった。意識の中に何者かが侵入してくる。まるで黒い帳《とばり》を下ろすように、それはどんどんと瞼の奥に侵食していく。腹がひくひくと痙攣し始めた。エネルギーの最後の残滓が下降していくのが感じられた。それが足の裏から抜け出ていった時、その時すべてが終る……そのことがミキにははっきりと意識されたのだった。

ところがどうしたことだろう。腹の回りにあった水の感触がない……いつの間にか水位の感触が太腿の辺りまで落ちてしまっている。ミキは訳がわからず、それまで固く閉じていた瞼をそっと開いてみた。そしてその時初めてミキは、すでにこの川を渡り切って、反対側の岸辺近くまで辿り着いてしまっている自分に気が付いたのだった。あまりにも上流に逆登りすぎてしまったこともあり、その場所はそれほど水深が深くはなかったのだった。ミキはいったい何が起こったのか訳がわからず、暫し呆然と川の中に立ち尽くしていた。そして辺りをきょろきょろと見回しているうちに、まるで夢から覚めたかのように、やっと自分が立っている位置に気が付いたのだった。

——何をやっているのだろう……私は……なんでこんなところにいなければならないのだろう。明日は学校ではないか。もうすぐ期末テストも始まる。休むわけにはいかないのだ……様々な想念が空っぽになった頭の中にどっと押し寄せてきた。私はいったい何をやろうとしていたのだろう……。訳もわからず川の中に突っ立っている自分が、急に滑稽に思われてきた。腹がひくひくと波打ち始めた。胃の奥から突然可笑《おか》しさが込み上げてきて、ミキは思わず声を上げて笑った。笑いは次から次へと押しとどめようもなく溢れ、全身を満たしていった。それは身も縮む激しい極度の緊張感から解放された後の、身体の自然の反動だった。実際に可笑しかったわけではない。息苦しいほどの笑いの痙攣に巻き込まれて、ミキは両手で膝小僧を握り締めながら、暫しその笑いの渦の通り過ぎるのを待った。そしてその渦も通り過ぎ、再び訪れた寒々とした静謐の中で、ミキは今まで自分が何をやろうとしていたのかをはっきりと認識したのだった。

——そう、私はここで死のうとしていたのだ……。

そして、大川の土手をゆっくりと引き返していった。身体がまるで激しく泣いた後のような静寂さに包まれているのを感じた。ひんやりとした夜風が髪にからまり過ぎていくのが心地良かった。暫くの間川に漬《つ》かっていたせいか、まだ時々小刻みな震えが身体の奥から湧き上がってくる。私はほんとうに死のうとしていたのだろうか……わからない……ミキにはわからない気がした。そうであるような気もし、そうでないような気もした。もう、生きていても仕方がない。こんな阿呆《あほ》らしい人生なんかいらない。こんな人生を、この先生きて何になるというのだ……そんな気がした。なぜ？　何のために？　死んでどうなるというのだ。ばかばかしい。私が死ぬ訳がないではないか、そんな気もした。

では単なる衝動にすぎなかったのだろうか……。

何度も頭を集中させて考えをまとめようとしても、途中で思考が途切れてしまう。この数日間のあまりにも常軌を脱した体験に、頭が追いついて行かないのだ。ふと、空白になった頭の中に、いつもと変わらない自分がいる。いつもと同じように学校に行き、友達とお喋りをし、授業で先生を困らせ、男子生徒をからかって笑い転げる自分がいる。いつもと変わらない一日が過ぎ、今日と何ら変わることのない平凡な日常が今後もずうっと続いていくような気がする……。

しかし淡々と流れていた映像のフィルムを誰かが鋭いカッターナイフで一瞬のうちに切り裂いたのだ。あの男だ！　あの男が笑っている。まるで勝ち誇ったように、牙を向け、涎《よだれ》をだらだらと垂れ流しながらこちらに近付いて来る……。そう、あの男が私の人生を滅茶苦茶にしてしまったのだ。

映写機の中でフィルムがからからと空回りしている。昨日までの私の日常が、そこでぷっつりと途切れてしまっている。もう、あそこには戻れない……。何もかもが変わってしまった。もう私は以前の私ではない。学校の仲間とも、先生や、用務員のおじさんや、近所のわんぱく小僧どもとも、もう誰とも以前のように笑って言葉を交わし合うこともできなくなってしまった。

ミキはわからなかった。自分がどこへ行こうとしているのか。捕え切れなかった。感情が急激に高まったかと思うと、次の瞬間には水を打ったようにすっかり冷めてしまってい つもの冷静な自分に戻っている。しかしそれも長くは続かなかった。激しい怒りが襲って きて全身を駆け巡った。と、次の瞬間には、潮が引いていくような虚脱感に襲われ、どこ からともなく忍び込んだ言い知れぬ空しさが全身を満たしていくのだった。

ミキは何度も考えようとして、その度に意識の外に弾かれてしまう、一つの想念がぼん やりと頭の中に浮かび上がってくるのを感じていた。何か強い力がその想念を無意識の底 に押し込めようとしている。何度その無意識に蓋《ふた》をしようとしても、かすかに開いた蓋の 隙間からその黒い影は鎌首をもたげてこようとする。その度にミキは軽い嘔吐を感じた。 もう、すべてが終ってしまったことなのだ。今さら考えてみても仕方がない、とミキは思 っていた。少なくともミキ自身の中では決着をつけたつもりだった。そう、お母さんが悪 いわけではないのだ……と。

けれどなぜだろう、この身体全身に染み渡っていくような空しさは。頭の中の血液がす っかり引いてしまったような虚脱感は。ほんとうにこれで良いのだろうか。ほんとうにこ れで自分は納得することができるのだろうか。……わからない。私をあの男に売った、実 の娘をあの野獣《けだもの》に売り渡した、母はその張本人ではないか。そんなことがあって良いのか。

そんなことが許されて良いものなのか。私はほんとうに母親を許すことができるのだろうか。しかしミキは自分の中のどこをどうまさぐっても、母親に対する憎しみを見つけ出すことができないのが不思議な気がした。それは決して許されることではないだろうことは頭の中では理解できた。憎んでも飽き足りないほどの仕打ちを受けたのだ。憎まれてしかるべきだろう。許す気持ちがあるから憎しみが湧いてこないのか、憎しみがないから許すことができるのか、ミキにはわからなかった。しかし、かといって憎んでそれがいったい何になるというのだろう。母親はあの男に騙された。騙されて全財産を失なってしまった。そのショックが元で寝込んでしまい、見る影もなく痩せ衰えてしまった。母もまた犠牲者なのだ。犠牲者同志が憎しみ、啀《いが》み合ってそれが何になるというのだろう。私が母親の面倒を看てあげなければ誰がみるというのだ。落ち込んでいる場合ではない。悲しんでいる暇はない。この先も二人で力を合わせて生きていかなくてはならないのだ。

ミキはふと空を見上げた。今日は雲一つない快晴だったせいか、空には満天の星が出ていた。その無数の星々がまるで生き物のようにちらちらと揺れながら輝いていた。それらの一つ一つが無言で微笑みかけてくるように見えた。普段から見慣れている光景なのに、なぜか圧倒的な迫力で迫ってくる。ミキは暫くの間、我を忘れて夜空の星を眺めながら歩いて行った。星の輝きがシャワーのように身に降り注いでくる。その輝きに無言の優しさを感じて、ふとミキは口元に微笑がもれた。

——ああ、今、私はここにいる……。

広大なこの宇宙の無限の広がりの中で、誰とも、何者とも繋《つな》がりももたず、誰の目にも写らず、何ものにも顧《かえり》みられることもなく、今、私は一人ぽっち……。

不意に訳もなく涙が溢れ、目尻の横を伝って流れ落ちるのを感じた。それは堰を切ったように次から次へと溢れ出し、頬を伝い顎《あご》から地面へと流れ落ちていった。その涙にミキは初めて自分が今まで押さえ込んできた正体を見たような気がした。それは、男に犯された後冷蔵庫の前で流した涙とは違っていた。あの時、まだ自分は怒りの中にいた。どうしようもない遣《や》る瀬《せ》なさに、もって行き場のない怒りに、屈辱感に泣いた。自分の力では変えることのできない運命に、逆らいようもない宿命に、怒りをぶつけ、呪い、どんなに呪っても呪い切れないくやしさに泣いた。どんなに恨んでも、もはや過ぎてしまった過去を消し去ることのできない事実の重みの前に、打ちのめされ、立ち上がることのできない自分に、その自分の弱さに、自分の惨めな姿に慟哭《どうこく》したのだった。

けれども、今の涙はそのどれとも違っていた。すでに怒りは引いていた。憎しみも感じなかった。感じる何ものをも自身の内に見出すことができなかった。何の感情も湧き起こってこないことが、むしろ腹立たしくさえあった。怒りも憎しみもなく、喜びも悲しみすらなく、ミキはそこにいた。たった一人で満天の星空の下にいるのを感じた。他に誰もいなかった。そう、誰も……私以外には。けれど、それはいつもとは少し違っていた。

裏切られた、とミキは感じた。この世でたった一人の最も信頼する人、私を生み育んでくれた唯一の母親に、私は裏切られたのだ。ミキはその時初めてはっきりと意識したのだった。そう、もう私には誰もいないのだということを。誰もいなくなってしまった。この私以外には……。その時ミキは、人間の誰とも交じり合うことのない真の孤独を、焼けつくような意識の中で感じ取ったのだった。

いつの間にか、ミキは大川に新しく掛けられた橋の袂《たもと》まで来ていることに気付いた。そこから家まではすぐの距離だった。でもまだ頭の中が混乱していた。このまま家に帰る気はしなかった。橋の袂にごみ捨て場があった。公に作られたものではない。土手の下には一面に湿地帯が広がっていて、丈の長い葦《あし》がその上を覆っていた。誰がいつ頃から捨て始めたものなのか、何年もの間廃棄《はいき》を繰り返すうちに、いつの間にかまるで埋め立て地のように数十メートル四方にもそのごみ捨て場が広がってしまったのだった。どこかのダンプカーが白昼公然と人目もはばからずに、産業廃棄物を捨てている光景も珍らしくはなかった。駱駝《らくだ》の瘤《こぶ》のようなゴミの山がいたる所に散在しており、昼間は子供達の遊び場にすらなっていた。

ミキはそのゴミの山の間に身を隠すようにして、捨てられたダンボールの切れ端《はし》を下に敷いて座った。両手で抱え込んだ膝の上に頭をのせると、今までの疲れがどっと押し寄せてくるのを感じた。目を閉じて浅い呼吸に身を委ねていると、しんと静まり返った夜の静寂《しじま》の中から小さな虫の音が聞こえてきた。

なぜだろう……と、ふとミキは思った。

憎しみを捨てるためには、母親への思いもまた捨てなければならないのだろうかと。そうしなければ、自分は永遠に母を憎み続けていかなければならなくなる。そんなことはできない。実の母娘ではないか。ではどうすれば良いのか。憎しみを胸の奥に押し込んだまま、一生仮面を被って生きていけというのか。いや、それはできない。そんな偽りがいつまでも続けられるわけがない。では、どうしたら……と、その時、ミキはふとあることに気が付いた。母親がいくばくかの金をせしめるためにあの男と交渉していた時、母親はもはやミキの母親でも何でもなかった。死の恐怖にかられて生き延びるための算段を考えているだけの、単なる一人の女でしかなかったのだ。その時、あの男に売り渡した娘は、母親にとって実の娘でもなんでもない単なる商品にすぎなかった。母親は、ミキにとっての母親である以前に、単に一人の女であるにすぎないという事実にミキは気付いたのだった。

そう思った瞬間に、ミキの頭の中から母親という観念が消えた。生まれてから今日までの十数年の間、常にミキの頭の中に在り続けていた、いつどこにいても、考えなくても忘れていても、常にミキの頭の中に占め続けていた、あの優しく懐かしい響きを持った、母親という言葉が消え失せてしまったのだった。

家にいるのはもはや母親ではない。単なる一人の女にすぎなかった。今、その女はミキの隣にいた。常に自分の上に、見上げる位置で優しく微笑んでいた母親が、今やその座から滑り落ち、ミキの全き隣に並んでいるのを感じたのだった。もはや悩む必要はなかった。悩むまいと努力する必要もなかった。なぜなら、母親はミキにとっては、もはや赤の他人の一人にすぎなかったのだから。

一人の人間として見れば、人間である限り窮地《きゅうち》に追い詰められもすれば、限界状況に立たされたら、それが男であろうと女であろうと、盗みもし、人を裏切り、殺しさえすることもあるかもしれない。事実そういったことは世の中には珍らしいことでもなんでもない。

数え上げたら枚挙にいとまがないほどあるだろう。私だってそういう状況に置かれたら、やはり同じことをしたかもしれない。母親もまたその中の女の一人にすぎないのだ。

そう考えるべきなのだろう、とミキは思った。そう考える限り、ミキは母親を許せる気がした。憎しみよりも哀れみすら感じられた。しかし、それは真実なのだろうか……。もしそうであるなら、ミキと母親とは対等だった。もはや母はミキにとっての母親でもなんでもなかった。ミキは母親を思い切らなければならなかった。そう思い切ることによってしか、ミキは母親への憎しみを絶ち切ることができないような気がした。他に方法がなかった。それ以外の方法がミキには思い浮かばなかった。母を母親として認めないというのではなく、母親である以前に一人の女であるという事実を認めなければならない。そして、そうすることで、母親であるというもう一つの事実を断念しなければならなかった。

もう、私には母親はいない……。

そう気が付いた時、ミキは言い知れぬ寂寥《せきりよう》感に全身を包み込まれるのを感じたのだった。昔、子供の頃、良くこのゴミ捨て場で兄と一緒に遊んだ。その兄も、もういない。ミキは今この誰もいないゴミ捨て場の中で、自分がたった一人ぽっちなのを感じた。涙が膝小僧を伝わって流れ落ちていった。不意に胃の奥から嗚咽が込み上げてきた。ミキはそれに激しく抵抗した。歯を食い縛り、全身の筋肉を硬直させて、その嗚咽が通り過ぎるのを待った。大きく息を吸い込むと、地面から立ち登ってくるゴミの悪臭にむせた。しかしどんなに嗚咽に抵抗しようとも、涙は押しとどめようもないほど後から後から頬を伝って流れ落ちていく。ミキは瞼を固く閉じて、膝小僧を強く抱きかかえた。そうしなければ、この闇の中に自分の身体が吸い込まれて消え失せてしまうような気がしたのだった。

けれど、身体はずんずんと沈んでいった。どこまでも、どこまでも、とどまるところも知らずに沈んでいく下降感をミキは感じていた。どこへ行くのだろう……どこまで沈んでいってしまうのだろう。この闇が私を呑み尽くそうとしている……と、突然、その下降感が止まった。ここはどこだろう。何も見えない。何も聞こえない……。その時、ふとミキは自分がどこまでも広がる果てしのない黒い闇の中の深き淵《ふち》にいることを感じたのだった。

第二部

1

ミキは鏡台の前に座って、鏡に写った自分の顔をしげしげと眺めていた。

肌はかさかさでいつの間にか張りを失ない、目は落ち窪んでかなりやつれて見える。三十路《みそじ》に手の届こうとする年齢になって、ミキは改めて自身の失なったものの重さを感じた。

――私はもう若くはない……でも、まだ二十代なのだ。これが最後のチャンスかもしれない……。

ミキはぼさぼさの髪に櫛《くし》を入れながら、心の中で呟いた。ミキはもうかなり前からこの家を出る決心をし、自立する決意を固めて準備を進めていた。そして、とうとうその日が来たのだった。静かな緊張感がひたひたと身に満ちてくるのが感じられた。

もう何年も前から実行に移そうとしながら、決心を覆《くつがえ》される苦い思いを幾度となく味わってきていた。発狂した兄と、病弱な母親の面倒を見なければならないという難問が、常にミキの行く手に立ちはだかっていた。単に公共の施設等に預けてしまうという処理だけでは解決のつかない心の問題が、ミキの中に大きな葛藤《かっとう》となって立ち塞《ふさ》がっていたのだった。

ミキは一つ一つの動作を愛《いと》おしむかのように化粧を始めていった。すべての化粧品が、今日この日の旅立ちのために買い揃えたものだった。たった一度切り使用してしまえば、もう二度とそれらの化粧品を使うこともないだろう。それはかなり高価なものだった。この日のために、この旅立ちの費用を捻出するために、ミキはそれまでかなりきつい仕事にも耐えて資金を蓄《たくわ》えてきた。母親もすでにこのことは了解してくれていた。

この町から電車で三時間ほど行った所に伯父が住んでいた。母親の兄に当たり、その伯父の妻の実家が大きな総合病院を営んでいた。母親も兄もそこで面倒を見てもらうことになっていた。ミキが密《ひそ》かに伯父に会いに行って、土下座して頼み込んだのだった。その費用のすべてをミキが見るという条件で、しぶしぶ伯父は了解した。

「自分の母親なんだから、なにもそこまでして……」

と伯父はあからさまに厭《いや》な顔をして、しげしげとミキを見つめた。

「そんな年齢《とし》で今さらどこへ行こうと言うんだ、女のくせに……」

ぐちぐちと執拗《しつよう》に繰り返される伯父の嫌味を聞きながら、その時ミキは自分の家を売る決心をしたのだった。どんなに頑張っても、女の細腕で二人分の入院費用まで稼《かせ》ぐ自信はミキにもなかった。

しかし、売るといっても、それはミキのものではない。母親のものなのだ。母親がどう思うか。決して同意はしてくれないだろう。家を売って母親の得になることは何もないのだ。けれど、もしミキがこの家を出て行けば、今の母親に自身の生活を支えていける力はなかった。そしてもし別の場所で誰かに面倒を見てもらうならば、この家は必要のないものだった。決定権は母親にではなく自分にあることをミキは知っていた。ミキが話を切り出せば母親は承諾《しょうだく》せざるを得ないだろうことをも。

事実、ミキが母親にその話を持ち出した時、母親はそれに対して何も言わなかった。母親はもう数年前から寝た切りの状態で、余程調子が良い時でない限り、蒲団から抜け出すことができない生活が続いていた。

ミキがその話を告げた時、母親は一言も声を発することなく、瞬《まばた》きもせずにじっと庭の陽だまりを見つめていた。

「決してお母さんを見捨てるというわけではないの。私の言っていることを誤解しないでね。私ももう若くはないし、自分の人生を試してみたいの。最後のチャンスなのよ。わかって、お願いだから……」

自分の人生を家族の面倒を見るだけで終らせたくはない。親の犠牲《ぎせい》にはなりたくない……。何度となく心の中で繰り返してきた言葉が喉元《のど》に押し寄せてくるのを感じながら、ミキは思わずその言葉を呑《の》み込んだ。実の娘を裏切った母親の面倒を、自分の人生を犠牲にしてまで、どうして私が見なければならないの！……確かに、たとえそれが事実だとしても、それは人間として許されることではないのかもしれない。

けれどたとえ親戚に何を言われようと、世間にどんな目で見られようと、自分の人生には代えられない。この世でたった一人の、掛け替えのないたった一度の人生を、一生家族の世話をすることで終らせたくはない。それが自分を生んでくれた唯一《ゆいいつ》の母親であろうとも。その母親をたとえ見捨てることになろうとも……。

化粧をしながら、次第に自分の顔が別人に変身していくのを、ミキは奇妙な気持ちで眺めていた。今までまともな化粧などしたこともなかった。流石《さすが》に高級品なせいか、かさかさの肌がみるみるうちに光沢を湛《たた》えた肌に変わっていく。

ミキはすでにこの町から電車を乗り継いで十時間ほど行った所にある、ある地方都市に就職を決めていた。伯父は昨日のうちに母親と兄を引き取りに来ることになっていたのだが、急用で明日に予定が延びていた。ミキは今夜の夜行列車で発って、明日の朝からその会社に出社する予定になっていた。そこからさらに一か月間の研修のために、本社のある東京へ向けて旅立たなければならない。予定が狂ったとはいえ、明日の伯父の到着まで出発を延ばすわけにはいかない。就職にはその一か月の研修に参加することが絶対条件だったのだ。

采《さい》は投げられた……とミキは感じていた。幕が上がり、すでに舞台の上に立っている自分を。自らの意志で、自らの道を切り開いていく第一歩を踏みしめた自分を、ミキは胸の中に込み上げる高揚感の中に感じ取っていた。もはや何ものもこの自身の進路を妨げることはできない。たとえそれが自分の唯一の血を分けた母親であろうと。どんな困難をも払い退《の》けて突き進んで行く覚悟を決めている自分を、ミキは鏡の中に静かに見つめていた。

2

すでにあれから三年の歳月が経過し、ミキは高校生になっていた。

いつもと変わらない生活が続いていた。まるで何事もなかったかのように淡々とした日常が流れていく。母親は体調もすっかり回復して、近くのスーパーのパートとして働きに出ていた。ミキは家庭の事情で隣町のT市にある進学校を断念しなければならなかったが、ほとんど中学校の仲間がその場所を替えただけのような地元の高校に、何の違和感も感じることなく通っていた。

「ミキちゃん、おはよう」

「おーす！」

いつもと変わらない友達の挨拶《あいさつ》に、ミキもまたいつもと変わらない挨拶で答える。

「今日はやだなあ、体育の授業。またあの助平《すけべ》のセンコー」

「うん、うん」

「ちゃんと更衣室の鍵かけとかなきゃ。なんだかんだと言って理由をつけては覗《のぞ》きに来るんだから」

「そうそう、油断も隙《すき》もあったものじゃないわ」

「今度、一度とっちめてやらなくちゃ」

「あーやだやだ、いまどきの飢《う》えた中年は」

「奥さんにかまってもらえないのよ、可哀相に」

「仕方ないわね。あれだけお腹が出てちゃ」

いつものように友達とたわいもない会話を交わしながら教室に入り、どっかと自分の椅子に腰を下ろす。そして一時限目の授業の教科書を机の上に広げ、友達と顔を見合わせてはハーと深い溜息《ためいき》を漏《も》らして教師の到着を待つのだった。

「起立！」

「礼！」

「着席」

そして、いつもと変わらない一日が始まる。

「ミキ、今日はちゃんと宿題やってきただろうな。もしやってきてなきゃグランド三周じゃ済まないぞ。それに先生には母親の看病などという言い訳は通用しないからな」

「はーい、やってきてませーん！」

春の軟らかい陽差しを受けた教室に明かるい笑い声がこだまする。

「先生、そりゃミキが可哀相だよ。親の看病というのは案外大変なんだぜ。俺っちの母さんもよう」

「お前の母さんはピンピンしてるじゃないか。そんな嘘《うそ》は先生には通用しないぞ。昨日先生はお前の母さんに会ったばかりだ」

「うそだあ先生、俺っちのお袋は、昨日は夜勤で一日中工場にカンズメだったんだ」

「それみたことか。ばれるような嘘をつくな」

「そりゃおかしいや。先生だってうそをついたじゃないか」

また教室がどっと笑いの渦に包まれた。

何も変わらない。いつもと変わらない光景がそこにはあった。いつもと同じ風景の中の小さな点景として、自分がそこにいるのだとミキは感じた。

しかし、何かが違っていた……。

一時限目が終り、二時限目が体育の授業だった。友達の提案で、あえて更衣室の鍵は掛けないでおいた。その体育の教師を懲《こ》らしめてやろうというのだ。その教師が更衣室に近付いてきたら、一気にドアを開けて箒《ほうき》で思いっ切り引っぱたいてやろうという他愛もないいたずらだった。故意に叩こうというのではない。女子生徒が更衣室で着替えをしている、そんな時間にドアの前をうろつく方がおかしいのだ。叩かれても文句は言えまいというわけだ。狙いは見事に当たった。叩かれた体育の教師は鼻から血を流しながら、一瞬何事が起こったのか訳がわからないといった様子で、目をパチクリさせながら、更衣室から出てきた女子生徒を順番に見回した。生徒達は堪《こら》え切れずに目から涙を流しながら笑い転げた。ミキもまた笑った。友達と肩を叩き合いながら笑い続けた。

でも、何かが違う……。

ミキは走った。グランドを走りながら、春の気持ちの良いそよ風が髪の間を通り過ぎるのを感じた。前を走る女生徒のむっとするような体臭が鼻を突く。

なんだろう、この感じは……。

三年前のあの忌《い》まわしい事件のことは、勿論《もちろん》誰にも話してはいなかった。沈みがちになる自分の気持ちを鼓舞《こぶ》して、努めて冷静に振る舞おうとしてきた。いつもと変わらない笑顔を絶やさないようにと、無理にでも苦しまぎれの笑いを取り繕《つくろ》ったりもした。友達との会話を途切らさないように、饒舌《じょうぜつ》なお喋《しゃべ》りも重ねてきた。男子生徒のひやかしに、間髪入れぬ毒舌《どくぜつ》を返すために、絶えず緊張感を保ち続けてきた。成績が落ちないために、家で夜遅くまで勉強もしてきた。この三年間……。

それがミキという人間なのだから。それが自分なのだからと、ミキは自分に言い聞かせてきた。それが、皆が納得する自分の姿なのだと。

〝どうしたの、ミキちゃん？〟

ミキはいつの間にか、誰からともなく問い掛けられるこの言葉に恐怖するようになっていた。このたった一つの言葉を頭の中から追い払うために、ミキは必死になってこの三年間努力を続けてきたのだった。かつての自分を演じ続ける努力を。

昨夜の雨にポプラの葉がキラキラと朝の光に輝いていた。やっと伸び始めた淡い新緑がグランドの周囲を被い尽している。何も変わらない、いつもと同じだ。なのに、なにかが違っている……。ミキはグランドを駆《か》けながら、妙な疲労感に襲《おそ》われるのを感じた。

「どうした、ミキ！　もうばてたか？」

そんなはずはない。今日はいつもと同じ、別に体調は悪くはないのだ。

ミキは走りながら、ゆっくりと周囲を見回した。グランドのポプラ並木の向こうに、じゃがいも畑が一面に広がっている。それはどこまでも果てしなく伸び広がっているように見えた。校舎の脇を通る国道から、時折車の走り抜けるエンジン音が聞こえてくる。それ以外は辺りに騒《さわ》がす物音もない。明かるい春の日差しに満ちた静寂《せいじゃく》の中に、生徒達のグランドを踏みしめる音だけが耳に聞こえてきた。

疲れる……何だろう、この疲労感は……。

突然ミキは軽い眩暈《めまい》を感じて、崩れるようにグランドに倒れた。

「キャー！」とその瞬間、回りの女生徒達の叫び声がミキの耳に響《ひび》いてきた。

「どうした、ミキ！」

慌《あわ》てて先生が駆け寄ってくる。けれどミキは顔を上げることすらできない。頭の上に次々に降り注いでくるがやがやとした騒音が次第に小さくなっていく。雨に湿った土の匂《にお》いに嘔吐《おうと》を感じて口を大きく開けても、中からは何も出てこない。そのうちミキは気を失なってしまった。

気が付いた時、ミキは保健室のベッドの上にいた。

「おかしいわねえ、どこも悪くないのに……」

ミキが目を覚ました時、校医の先生がそう言って首を傾げた。

「脈拍は正常だし、熱はないし……軽い貧血だと思うけど」

ミキはその白衣の上からも異常に痩せて見える校医から、保健室で五時間もの間昏々《こんこん》と眠り続けていたことを知らされたのだった。

「あなた、ちゃんと食べてる？……肉とか魚とか血になるものを食べなきゃだめよ。最近の学生は一丁前にダイエットなんかやる子がいるんだから。困ったものよ。朝食を取らないのが一番良くないのよね。ジュース一杯だけで学校へ来るのが結構いるのよ、これが。

今が一番大事な時期なんだから。若いうちにしっかりと身体を作っておかないと、年取ってからじゃ遅いの。カップラーメン、あれも良くないわね。あれで一食分取ったつもりなんだから。ま、美味《おい》しいから先生も良く食べるけどね。人のこと言えないか、アッハッハッハ」

なぜだろう……時計はもう三時を回っていた。自分の知らぬ間に過ぎ去ってしまった時間に、ミキはなぜか言い知れぬ焦燥《しょうそう》感を感じた。

わずかに開けられた窓の隙間から、生徒らのはしゃぐ声が聞こえてくる。どこのクラスの授業なのだろう。窓からは眩《まぶ》しいほどの光が差し込んでくるのに、この部屋はそれほど明かるく感じられない。ベッドの回りが白いカーテンで覆《おお》われているせいだろうか。半開きに開けたカーテンの間に、校医が丸椅子をもってきて腰かけていた。けれどその校医はその椅子に一分と座っていず、一人で取り留めもない話を喋り続けながら、あちらこちらと忙《せわ》しなく動き回っていた。

「あなた、お母さんが病気なんだってねえ。え？　もう治った？　あ、そう、そりゃ良かったわね。でも無理しちゃだめよ。病人の看病というのはあなた、そりゃ大変なもんよ。医者の私が言うんだから間違いないわ。アッハッハ。病人になるとね、皆、我《わ》が儘《まま》になっちゃうのよ。回りの人が急に親切になって、ああでもない、こうでもないと、人が変わったように面倒を看てくれるものだから、つい出ちゃうのよねえ、甘えってやつが。あなた病気したことある?……ん? ない? そう、じゃわからないわね。ま、その若さで病気しちゃ困っちゃうけど。でも、風邪引いたことあるでしょう。お母さん、優しくしてくれなかった? そう、でしょう? それが良くないのよね。それに甘えちゃうとね、病気が治りにくくなってしまうのよ、これが。病気ってやつは、甘えや弱いものが好きだから」

身体がだるい……昼食を食べていないせいだろうか……。

ベッドに腰掛けていても、まだ頭がふらふらしていた。このまま再び横になって眠ってしまいたいくらいだ。ミキは意識を集中して昨日の記憶をたぐり寄せようとしていた。昨日は特に変わったことは何もなかったはずだ。その前の日、そしてさらにその前の日と、ミキの朦朧《もうろう》とした頭の中を記憶の断片がぐるぐると巡《めぐ》っていた。

「どうしたの、あなた……あっ、だめ! 急に起き出しちゃ。胃の中空っぽなんだから、また倒れちゃうわよ。待ってなさい。今、何か食べるものを持ってきてあげるから……」

慌てて校医が出て行った保健室は、再び閑散《かんさん》とした静寂に包まれていた。

ミキはベッドに横になって、ぼんやりと天井を眺めた。部屋の中は物音もなくひっそりと静まり返っていたが、校医が出て行く時、開け放しにしたドアから、時折意味の聞き取れない人の話し声が漏れてきた。部屋の温度は肌に意識されないくらい、温くもなく寒くもなかった。静かに自分の呼吸を整えていると、この場所だけが時間が止まってしまったような錯覚《さっかく》すら感じられた。

この三年間がなんと慌しく過ぎ去ってしまったことだろう……。何も変わらない毎日が、決まり切った単調な繰り返しなのに、急流に身を任せるように流れ去ってしまったことを、ミキは痛切に意識していた。

今朝、ミキは朝食を食べてこなかった。朝寝坊をして慌てて学校までの道のりを駆けてきたのだった。そう、それが原因なのかもしれない、とミキはぼんやりと考えていた。今夜ぐっすり眠れば明日にはすっかり体調も回復していることだろう。でも、今日はもうこの後の授業は出る気がしない。できればこのまま寝ていたい、とミキは思った。

「遅くなってごめんなさい。ちょっと職員室で話し込んでしまったものだから。これ、残り物で悪いんだけれど、食べて」

とその校医は昼食の食べ残しと思われる、パック入りの牛乳と、ラップに包まれたパンを差し出してきた。

いつの間にかミキはまたうとうとと眠ってしまったらしい。校医に話しかけられて、ハッと目を覚ました時、校医の顔には大きすぎると思われる黒縁の眼鏡《めがね》が目の前に迫っていた。あまり食欲は湧《わ》かなかったが、校医に促されるままパック入りの牛乳にストローを差し込んだ。口に含むと、今しがたまで冷蔵庫に入れていたかと思われる、冷たい感触が喉元を通り過ぎて胃の腑《ふ》に染《し》み渡っていった。

「どお？　まだ悪くはなっていないと思うけど、お昼に食べたやつだから……。私もねえ、ここんとこずうっと食欲がなくて、ずっとパンなのよ、これが。あんまり人に言えた話じゃないんだけど。もう、見る気もしないのよね、こう毎日パンばっかりじゃあ、アッハッハッハ……え？　なんで食欲がないのかって？　良く聞いてくれたわね。実はね、そこが問題なのよ。身体はどこも悪くはないの。ピンピンしてるわよ。どちらかっていうと、そうねえ……なんていうか、精神的なものよね、これが。え？　恋の病？　良くわかるわねえ、あなた。ずばりよ、これが。ま、あんまりこんなこと大きな声で言えた義理じゃないんだけどね、アッハッハ」

ミキは校医の食べかけの半分に割られたあんパンを、一片《かけ》手で千切って口に含んだ。漉《こ》しあんのまろやかな甘みがぱっと口の中に広がっていく。そのまま噛《か》まずに口に含んでいると、口の中にじわっと唾液《だえき》が満ち溢《あふ》れてくる。自分でも意識しないうちに、身体が全身で空腹を訴えていることに、ミキは驚きすら感じたのだった。

「実はねえ……誰にも言っちゃだめよ。あっ、やっぱり止めとこ。危ない危ない、私としたことが。え？　この学校の先生？　まさか、違うわよ。ばっかねえ、こんな三流高校の先生なんか、あなた、好きになるもんですか。知らない人、あなたの全然知らない人よ。ま、いっか。振られたのよ、結局……そう、そうよ、片思いってやつ。むずかしいのよねえ、こういうのって。中々うまくいかないものよ。こんな田舎じゃろくなのいないし、たまに良いのがいると思えば、もう誰かとくっついてたりしてね。あなたもそのうちわかるわよ。え？　もうわかるって。ばーか、生意気いってんじゃないわよ、まだ高校生の分際で、アッハッハ」

あんパンを食べ終えると、幾分気分も落ち着いてきた。ミキはその校医の年齢を知らなかった。容姿を見ればまだ二十代にしか見えないが、間近で顔を凝視してみると三十は越えているようにも見える。髪は腰まで届くかと思われるほど伸ばし、首のちょうど後辺りで軽く結んである。女性ものとは思われないような黒縁の眼鏡が、実際の年齢より若く見せているような気もする。近くの物を見る時も、常に右手を眼鏡の縁に添えながら顔をくっつけるようにして見るところを見ると、余程目が悪いのだろう。友達との間でも何度か噂になることもあったが、その校医の実際の年を知る者は誰もいなかった。

「妻子がいたのよ……」

とその校医は窓の方を見やりながらぽつりと呟いた。またどこかのクラスの体育の授業が始まったのか、キャアキャアと騒ぐ女生徒の声が窓から入ってきた。何の授業をやっているのだろう。体育の授業にしてはやけに騒がしすぎる気もした。

「本気だったのよねえ、久し振りに。ほら、私ももうこんな年でしょう。そろそろこの辺で決めておかないと、行きそびれちゃうからね。焦《あせ》りもあったのよ。見えるものも見えなくなってしまったのね……」

パックにはまだいくらか牛乳が残っていた。ミキは幾分身体に熱が戻ってきたのを感じた。パックを傾けて、音を立てないようにそっとストローを吸い込んだ。

「それにしてもひどいのは男の方よ。こんな純真な乙女《おとめ》を騙《だま》すなんて。ねえ、あなた、そう思わない？　騙しよ、騙し。妻子がいるなんて一言も言わないで……。人をその気にさせといて、さんざん遊んだと思ったら、ポイよ。こんなのってある？　ばかにしてるわよ。最初から遊ぶつもりだったのよ、あの男……。私も最初っから本気だったわけじゃないけど。でも、こうなった以上はねえ、あなた、責任ってものがあるでしょう、それなりに。けじめをつけなきゃ、お互い。決していい男ってわけでもないのよ。ま、こんなところで手を打とうか、ほら、年も年だしってわけで、だんだんその気になっていったわけよ。え？　遊ぶつもり？　私？　そんなわけないでしょう。三十路の女が、今どき、こんな田舎で一人でいるなんて、皆んなにへんな目でじろじろ見られるだけよ。え？　結構いるって？　そりゃあなた、器量が悪いからでしょう。男にも声掛けられなくてもんもんとしている女と、あなた、一緒にしないでよ。結構もてるんだから、こう見えても。これは冗談だけど、アッハッハ」

教室ではそろそろ五時限目の授業が始まっている頃だろうか。ベッドに座っていると、視界がちょうど立っている時と同じくらいの高さになり、時折奇妙な感覚に襲われる。ふとミキは思わずグランドに倒れた時の記憶を再びたぐり寄せようとしている自分に気付いた。体調はほとんど元に戻ったように思われるのに、まだ不思議に襲ってくる睡魔《すいま》のように床に吸い込まれてしまう錯覚を感じるのだった。

「男なんてみんなこんなもんよ。あなたも気を付けなきゃだめよ。私は大丈夫、なんて言わないでよ、疲れるから。人を騙しといて平気なんだから。憎らしいったらありゃしない。

訴えてやりたいくらいよ。え？　訴えてやればいい？……そうね、でも材料がないわよ、訴える。結婚詐欺《さぎ》？　うーん、それがいいかもね。でも、残念ながら、結婚の約束までしたわけじゃないから。私はその気だったけど、相手がその気にならなかっただけよ。なれるわけがないわよ、女房子供がいるんだから。なんで確かめなかったのかって？　そんなこと聞けるわけないでしょう、あなた、女の口から……。でも、向こうも当然そう思ってくれてると思うわけよ。男って、付き合っている時はいろいろと優しくしてくれるでしょう。暗黙の了解っていうか、勝手に思い込んじゃうのよ。女ってそういう生き物なのよ。悲しいもんよ。どんなに状況が悪くなろうと、自分の都合の良いように解釈しちゃうんだから。もうとっくに駄目になってるのに、そのうちなんとかなるわよって未練がましく期待してるわけ。もうどうしようもないって頭の中じゃわかってるんだけど、そんなことないって、その頭が打ち消しちゃうのよ、その事実を……。まあ自分を欺《あざむ》いてるってことでは同罪かもね、男も女も」

五時限目の授業は何だったろう……とミキはぼんやり考えていた。思い出せない……。日がいくらか陰《かげ》ってきたようにも見える。まだそんな時刻でもないのに。雲でも出てきたのだろうか。校医は部屋の端から端へと所狭しと歩き回りながら喋り続けていた。

もう、このまま帰りたい……。

「えっ？　男だってひょっとしたら本気だったかもしれないって？　そんなこと、とっくに考えたわよ。ひょっとしたら奥さんを説得するのに手間取っているんじゃないかとか。もしかしたら、もうとっくに離婚届も出していて、そのうち結婚っていう言葉を言い出してくるんじゃないかとひたすら待つ段階から、あなた、妻子がいるなんて嘘つきやがって、なあんだ冗談だったのか、悩んで損《そん》した、なんてことになりはしないかと、ただひたすら待ってるわけよ、忍の一字で、これが。いくら待ってもそんな言葉、返ってくるわけはないって頭の中ではわかってるんだけど、一縷の望みってやつで……哀れなもんよ、女なんて。だから余計許せないのよ、こんな可憐《かれん》な女の純情を踏み躙《にじ》った男が。でもねえ……絶対ってこともないか。え？　なぜかって？　それはね、まだ終ったわけじゃないからよ。いや、別れたことは別れたのよ。でもまだ責任取ってもらってないから……うん。そりゃそうでしょう、あなた、このまま黙って引き下がれますかって、今どき、明治時代じゃあるまいし。ちゃんと取ってもらいますよ、それなりに、責任ってもんを。だからね、今は色々と考えてるとこ。どうやって取ってもらおうかなあって。一時は考えたのよ、私も、奥さんの所にねじ込んでやろうかな、なんて。でもねえ、あんまり事を荒立てても、お互い傷口を深めるだけだし。それじゃ単なる復讐《ふくしゅう》にしかならないし。それでたとえ思いを遂《と》げても、得るものなんか何んにもないしね。そう、そうなのよ。だからといって、今さら縒《よ》り戻すなんてこともあり得ないだろうけど……」

校医は自分の机に戻って煙草《たばこ》に火をつけた。大きく吸い込んで、一瞬息を止めたかと思うと、まるで深い溜息でもするように天井に向かって煙を吐き出した。そして、突然事切れたように喋るのを止めてしまったのだった。

ベッドの半開きのカーテンの隙間から校医の姿が見えていた。煙草を口にくわえたまま、歯の間でくいくいと上下に動かしている。窓から差し込んでくる日差しの中で、青白い煙草の煙が乱気流のように渦巻いている。校医は肘掛椅子に深々と身を沈めながら、放心したように窓の外を眺めていた。わずかに開いた窓の隙間からは、まだ時折キャアキャアと騒ぐ声が入ってきていた。けれど、それほど大きな声ではなく、人数も少ない。今頃、もう体育の授業はないはずだ。どこか近所の子供達でも遊んでいるのだろうか。

校医は煙草を吸い終った後も、腕組みをし、じっと押し黙ったまま身じろぎもせずに天井を睨《にら》みつけていた。床につくかと思われるほどの長い髪がだらんと力なく垂れていた。少し肌寒くなってきたような気もする……。ミキは窓から入ってくる子供達の遊ぶ声に耳を澄ましていた。校医はまるでミキがいることなどすっかり忘れてしまったかのように、腕組みをしたまま目を閉じてしまっていた。

三人……いや、四人はいるだろうか……。時折女の子らしい声も混じって聞こえてくる。窓に掛けられたカーテンがひらひらと揺れていた。何色だろう、明かるい西日が逆光になって良く識別できない。今まであまり注意して見ることもなかった。この保健室に来ることと自体、ミキには滅多にないことだった。気分を悪くして保健室に駆け込んだ友達の見舞いに来ることはあっても、自らがベッドの世話になることはこれが初めてのことだった。

子供達の声が次第に遠ざかっていく。もう帰るのだろうか。どうやら国道の方に向かって行くようだ。じっと耳を傾けていると、国道を走り抜ける車の音がかすかに耳に入ってきた。そして、子供達の声が国道の彼方にすっかり消えてしまうのを確認してから、ミキはゆっくりとベッドから立ち上がった。

「すいません、私、もう帰ります」

「あ……」

と言って驚いたように校医が振り向いた。

「私、もう良くなりましたから、これで失礼させてもらいます。どうも色々ありがとうございました」

「ああ、ごめんなさい。私ったら、ちょっと考え事をしてたものだから……。そう、もう大丈夫？　でも無理しちゃだめよ。あっ、そうそう、言うの忘れてたけど、あなたの寝ている間に血液取らせてもらったから、来週またいらっしゃい。検査結果が出ているから」

「え？　そうなんですか？　知らなかった……」

「名医よ、名医。寝てる子を起こさずに血を取るなんて、そうできるもんじゃないわよ。もっとも、あなた、ぐうぐう高いびきかいて寝てたから、ちょっとやそっとじゃ起きなかったかもね。うそよ、うそ、アッハッハッ」

もし、また気分が悪くなったら飲むようにと言って処方してくれた薬を持って、ミキは保健室を出た。廊下はまだ授業中のせいかひっそりと静まり返っていた。時折、教室のドアからかすかに先生の話し声が漏《も》れてくる。ミキは自分の教室の横を、そっと音を立てないように擦り抜けて行った。

「先生……」

保健室を出る時、ミキはそう言いかけて後を振り返った。

「え？　なに？」

「うまくいくといいですね」

「ばっかねえ、あなた。うまくなんかいくわけないじゃないの。もう、とっくに終ってるのに」

「えっ、だって、まだ」

「ない、ない」

「まだ別れてからそんなに」

「そうよ、まだ、たったの一年しか経ってないわよ。別れてから……」

外に出ると、すでに陽が西に傾きかけていた。ポプラの葉を揺らしながら吹いてくる風が火照《ほて》った頬に心地良かった。

ミキはこのまま真っ直ぐ家に帰る気になれず、一旦、国道に出て、その道を大きく迂回《うかい》するようにして大川に向かった。先程、校庭で遊んでいた子供達だろうか、四、五人の子供達が棒切れを振り回して、キャアキャア喚《わめ》きながら国道を横切っていく。いつもは数分ごとに大型ダンプカーが通り過ぎるこの道路も、今はほとんど車の通りもなく、子供達の声だけが乾いた空にこだましていた。街中に入っても、まだ中途半端な時間帯のせいか、人通りはほとんどなく閑散としていた。ミキも良く買いに来る駅前通りの魚屋さんが、夕食の時間帯に間に合わせようと、捩《ね》じり鉢巻《はちまき》で魚を捌《さば》いていた。花屋の店先でプードル犬を連れた女性客が買い物をしている。こんな田舎では珍らしい犬だ。最近この町に越してきた人なのだろうか。犬の頭に付けた赤いリボンが白い毛並みに映えて、とても可愛い……。

駄菓子《だがし》屋の前を通ると、店番の和服姿のおばあちゃんが、こっくりこっくりと居眠りをしていた。ミキがまだ子供の頃、母親からもらったお駄賃《だちん》を手に握りしめて、良く兄と一緒にこの店に買い物に来たものだった。わずか十円玉一個で買える景品付の様々な種類のお菓子が店頭にずらりと並んでいた。ミキにとってそれはお駄賃がもらえる月に一度の胸躍《おど》らせるような楽しみだった。あれから十年も経っているというのに、店の中はほとんど昔のままだ。何も変わらない……。

駄菓子屋の斜《はす》向かいにあるラーメン屋にも小さい頃、一度父親に手を引かれて連れられて来たことがあった。けれど、どういう事情でその店に来ることになったのか、その部分の記憶がなかった。母がどこかに出かけていなかったからなのか、それにしては隣に兄の姿が見えないのも、なぜなのか思い出せない。ミキは記憶力は良い方だったが、兄に纏《まつ》わることになると突然映写機のフィルムが絶ち切れてしまったかのように途切れ、いくら思い出そうとしても断片的な映像しか結べなくなるのだった。大きな丼に油のこってり浮いた、家では決して味わうことのできない美味しさに、何度も、おいしい！　おいしい！を連発し、「今度は、お兄ちゃんと一緒に連れてきて」と父親にねだっている光景だけが、ミキの脳裏に残っていた。まだ兄の発狂する以前のことだった。あの時、兄は母とどこに行っていたのだろうか……。

消防署を通り過ぎてこの通りを真っ直ぐ行くと、Kの父親が経営する印刷工場の前に出る。そこから大川へはすぐの距離だったが、ミキはその通りを横に逸《そ》れ、児童公園を通り抜け、とうもろこし畑の畔道《あぜみち》をゆっくり歩きながら大川に向かった。大川の土手端にはすでに様々な野花が咲き乱れ、川を渡るそよ風に乗って甘い香りが漂ってきた。学校を出た時には体調もすっかり回復したように思われたのだったが、まだ完全ではないのか土手を歩くうちに軽い眩暈を覚えて、ミキは橋の手前で家に引き返したのだった。

校医に言われたように、翌日は大事を取って休み、その次の日からまた学校に通い始めた。一週間経って検査結果を聞きに保健室を訪れると、どっこも異常ないわよ、と校医に言われて、いつもの甲高い笑い声を背に受けながら保健室を後にしたのだった。

「ま、精神的なものね、良くあることよ。と言っても原因はわからないけど。そちらは私の専門じゃないから。でも恋の悩みだったらいらっしゃいな、聞いてあげるわよ。そっちは私の専門だから。でもないか、アッハッハッ」

その校医が自殺したという噂《うわさ》を人伝《ひとづて》に聞いたのは、それから丁度《ちょうど》三年後の春のことだった。

3

化粧を済ませた後、ミキは着替えをするために洋服箪笥から一着のスーツを取り出した。これもこの日のためにT市から買ってきておいた、まだ一度も手を通したことのないスーツだった。服はベージュ色で、デザインも質素なものだったが、ミキがそれまで初めて手にしたブランド品だった。スカートに足を通すと、絹の裏地が柔らかいつるつるとした感触を肌に伝えてきた。白い刺繍《ししゅう》地のブラウスを着て、再びミキは鏡台の前に座った。まだ出発の時刻まで二時間ほどあった。風呂上がりですぐに身仕度を始めたせいか、まだ身体から完全に熱が引いておらず、じわじわと顔から汗が滲《にじ》み出してきて化粧崩れをしてしまうのだ。数日前に、それまで長く伸ばしていた髪を、いく分切り落として短くした髪型も気になっていた。見慣れないせいか、妙に違和感を感じ、無意識のうちに手が髪の方にいってしまう。心機一転というよりも、当分の間会社の寮生活になるので、髪の手入れに時間をかけたくないと思ったのだ。美容院の帰り、首筋がやけに涼しく感じられ、知っている人と顔を合わせるのが気恥ずかしい感じさえした。町の知り合いの人達にもすでにほとんど挨拶を済ませていた。

もう、二時間しかない……。

けれど、ミキはまだなにかやり残していることがあるような気がして、頭の中の記憶を一つ一つまさぐっていた。町のほとんどの人がミキにエールを送ってくれた。家族の者を人手に預けて旅立つことを批難する者は一人もいなかった。ミキは旅立つ理由を経済的な事情だと説明していた。この町で家族を養う資《もとで》を得ることはできない。いずれ生活の基盤ができたら家族を呼ぶつもりなのだと……。もう三十に手が届こうとする何の学歴も資格も技術も持たない女が、自分自身の生活を維持していくことさえ困難なのに、家族全員を支えていくことがどんなに大変なことか、ミキは骨身に染みて知っていた。

確かにミキは、この日のためにかつて断念しなければならなかった大学進学の夢を、通信教育という形での卒業証書を手に入れてはいた。それはミキの能力からしてみれば造作もないことだった。しかしそんな資格が何の役にも立たないことを、ミキはその後の長い就職活動の中で厭《いや》というほど味わわされてきたのだった。女が自活する道は、この国では閉ざされているようにミキには思われた。

「どうせ結婚するんでしょう?」就職活動の中で、ミキは何度この言葉を聞かされたことだろう。「その年じゃ、勤められるのはせいぜい二、三年でしょうが」書類選考で通っても、長時間かけて面接に訪れても、ミキを見るなりその一言でけんもほろろに断られることが幾度もあったのだった。

「結婚するつもりはありません」「ここで、できれば一生働かせてもらうつもりです」ミキのその必死の訴えが、どれほど面接官の失笑を買ったことか。そして、帰りの列車の悪臭に満ちたトイレの中で、ギシギシと軋《きし》む固い揺れに身を任せながら、どれほど人知れずくやし涙を流したことだろう。

そんな半ば諦めかけていた時、一通の電報がミキの元に届けられた。

「スグニ、ライシャサレタシ」

それは、以前ミキが受けて落ちた大手の化粧品会社だった。予定していた採用人員に欠員が生じたために繰り上がり採用となったものだった。

「ま、そういうことですので、頑張って下さい」

しかしその人事の担当者は、ミキの意向を確かめることなく席を立った。

「ありがとうございます……」

とミキが席を立ってお辞儀《じぎ》をした時、その担当者はすでにミキの傍らを通り過ぎて、部下と思われる若い男と談笑しながら部屋を出て行った。

面接は一分間で終った。ミキは十時間かけてこの会社を訪れ、また十時間かけて自分の町に帰って行ったのだった。職種は化粧品の外向だった。

「かなりハードな仕事なんですが、稼《かせ》ぐ人は一年分の給料をわずか数か月で稼いでしまう人もいるんですよ。まあ、能力主義というか、自分の努力がそのままお金に結びついていきますから、そういう意味じゃやりがいがあるかもしれませんね」

給料は全額歩合制だった。安定した収入を得るようになるためには、それなりの知識と経験が必要なのだと、ミキは最初の面接の時に同じ担当者から説明を受けていた。しかし今のミキには会社を選んでいる余裕などなかった。すでに数十社の試験を受け、それがミキが手にした初めての採用通知だった。

4

高校を卒業すると直ぐにミキは同級生の親が経営する運送会社に勤め始めた。ミキはまだその時自分の進路をはっきり決めていたわけではなかった。

「良かったら、私のところで働かない?」と友達に勧められるまま勤め始めたのだった。そのままずっとそこで働く気はミキにはなかった。

一日一日を生きることで精一杯だった。先のことなど考える余裕がなかったのだ。この一日が一刻も早く過ぎ去ってくれることだけを願って生きてきた。明日のことを考える余裕すらミキにはなかった。病気がちの母親も一か月間をフルに働けないので正社員にはなれなかった。今はまだ働いているといっても、いつ何時《なんどき》また倒れて寝込んでしまうかもしれない。パートという不安定な収入では、一家全員を養っていくには十分ではなかった。

ミキは今、家にどれくらいの財産が残されているものなのか知らなかった。母親はほとんどそのことに関しては語ろうとしなかった。その財産は母親が実の娘を形にあの男からせしめたものだった。家の財産について語ることは、あの忌《い》まわしい事件に触れることを意味した。けれどミキは母親の様子から、もうその財産をかなり食い潰《つぶ》してしまっていることが察せられた。

ミキに選択の余地はなかった。できれば母親はミキに高校を中退してでも働いてもらいたかったにちがいない。しかしそれは母親には口が裂けても言えないことだったろう。ミキは毎日学校に通いながらも、そのことがひしひしと母親の背中から伝わってくるのを感じていた。母親が無理を重ねて、ひ弱な身体に鞭《むち》打って勤めに出ていることをミキは知っていた。恐らく母親の身体はもうぼろぼろになっているにちがいない。今度倒れでもしたらもう二度と起きあがることはできないだろう。

ミキは高校を卒業してこの町で働くことに、何の疑問もためらいも感じてはいなかった。決してそれを望んだわけではない。望むと望まざるとにかかわらず、そうする以外にミキにとって許される道はなかったのだった。生きるために働かなければならなかった。家族を養っていくために働かなければならなかった。ミキの家に父親はいなかった。ミキより二つ年上の兄も発狂してしまった。自分以外に家族を養っていく、その努めを果たせる者は他にいなかったのだ。今さら恨《うら》んでも仕方のないことだった。嘆《なげ》いても事が解決するはずもなかった。他人のみならず、それは自分自身をも養っていくためでもあった。

生きていくために働かなければならない……。

そのことにどんな躊躇《ためら》いを迷いを持ち得よう。しかし、ミキにはどうしても仕事に対する興味を覚えることができないのだった。

同級生の友達に勧められるまま、いつもの朝のたわいもない会話の延長線上のようにミキは返事をしていた。

「いいわよ。おもしろそうじゃない……」

もちろん、ミキはその時本気で返事をしたわけではなかった。まさかその友達も本気で言っているとは思わなかったのだ。

「じゃあ決まりね。明日、お父さんに話してみるわ。今日は出かけていないから」

ミキは別に他にやりたいと思っていることがあるわけでもなかった。Kや他の仲間達と隣町のT市の高校に行けなかったことで、その時すでにミキは自分の夢の大半を諦《あきら》めてしまっていたのだった。家の事情から働かなければならないことは良くわかっていた。高校を卒業して大学に進学しないのならば、働くのは当たり前のことだった。けれどミキは今まで自分が具体的にどのような仕事を選択するのかまでは考えてみたことがなかった。

まるでアルバイトに行くような感覚で、ミキは卒業式の翌日からその友達の運送会社に通い始めた。ミキにとっては、それは今まで通っていた場所が学校からその運送会社に移ったたけの出来事にすぎなかった。ミキの仕事は事務の仕事だった。それまで勤めていた女子社員が結婚のために辞めてしまい、丁度人手が足りないところだった。その友達が学校で言ったことは冗談ではなかったのだった。

小学校の時、まだ正常だった兄と一緒に塾に通って覚えたソロバンが役に立った。初めての仕事で不慣れな点もあったが、ミキは持ち前の根性で間もなく仕事をマスターしてしまった。退職した社員がやり残していった伝票の山もほぼ一か月ほどで片付けてしまった。最初は物珍らしさも手伝って深夜の残業も苦にならなかったが、一旦仕事を覚えてしまえば、後は毎日が同じことの繰り返しで単調なものだった。ミキは急速に仕事に対する興味を失なっている自分を感じた。小中高校まで常にトップの成績を修めていたミキの能力にしてみれば、その仕事はあまりにも平易《へいい》で単調すぎた。来る日も来る日もソロバンを弾いて伝票を集計して帳簿に書き込むだけの単純作業で、一日分の仕事はほとんど午前中の数時間で終り、他には何もすることがなかった。事務所には最初専務の肩書のついた友達の母親がいて、辞めた社員の仕事のすべてをミキはその専務である母親から教わった。友達も始めの一か月くらいまではミキと一緒に机を並べて仕事をしていたのだが、ミキが仕事を覚えてしまうと、母親もその友達も一日のわずかな時間だけ顔を出す程度で、後はほとんど奥に引っ込んだまま姿を見せることはなかった。トラックの運転手達も朝出かけてしまえば、夜遅くまで会社に戻って来ることはない。社長も取引先を回っているか運転手と一緒に車に乗っているかのどちらかで、ほとんど事務所にいることはなかった。

一日の大半を、ミキはたった一人で事務所の窓から通りを行き交う車をぼんやり眺めながら過ごした。毎月の給料は友達に優遇してくれているとは聞かされてはいたが、初めての勤めなのでどの程度のものなのか実感が湧かなかった。こんな田舎町ではこれといった遊戯《ゆうぎ》施設があるわけでもない。まだ高校を卒業したばかりで、ミキはさしておしゃれにも関心がなかった。特別な出費さえなければ、親子三人が何とか食べていけるだけのお金にはなった。けれど蓄えを得るまでの余裕はなかった。母親が年を取って働けなくなり、もし万が一ミキが病気でもして寝込むことにでもなれば、たちまち一家が路頭に迷うことになる。そういう時のためにも、何とか最低限の蓄えは作っておかなければならない。そういうことは一家を支える男の誰もが考えることなのだろう、とミキは通りを眺めながら漠《ばく》然《ぜん》と考えていた。学生の頃は一度も考えて見たことがなかったことを、勤め始めて給料を手にするようになって実感としてそのことを意識したのだった。人が生きるために働き、その働くことによって生まれてくる将来に対する漠然とした不安というものを。もし働くことができなくなった時、人は生を維持していくための原資を失ない、飢え死にしなければならない。その死の恐怖というものに、ミキは初めて直面したのだった。

人は何のために働くのだろう……。

確かにそれは否定しようのない事実であるかもしれない。けれどそれだけだろうか。働くとは、ただそれだけのために、人は汗水たらして働くだけにすぎないのだろうか。もし父親がいたら……と、考えてミキは首を振った。ミキの置かれている状況は、仕事にそれ以上の意味を持たせることを許さなかった。そういう状況に置かれているのだと、自分を納得させるしかなかった。ほんとうにそうだろうか。ただ家族の面倒を見るだけのために働いて、それで一生を終えて良いものだろうか。T市の高校に行ったかつてのミキの仲間の大半が大学進学を果たし、この町を出て行った。ほとんどがミキより下位の成績の者達だった。もし、T市の高校に行っていたら……。それは今まで幾度となく考え、空しく砂を噛むような思いで打ち消した言葉だった。そして皆と一緒に大学進学を果たしていたならば……。

この延々とどこまでも広がるじゃがいも畑と、小さな工場群のがたぴしとした錆び付いた機械音と、国道を疾走する大型トラックの舞い上げる砂埃だけの田舎町から出て行くこと、都会の大学を出て一流会社に就職すること、それがミキの夢だった。しかし、小学校の時に兄が発狂し、母との長い諍《いさか》いの末父親が家を出て行った時に、すでにミキの夢は終っていた。T市の高校を断念した時に、もうミキは自分の人生に何かを期待することを止めてしまっていたのだった。

人は何のために生きるのだろう……。

ミキの事務所の机の上に、卓上カレンダーが置かれてあった。仕事のスケジュールや、社長に言われた来客の予定などが赤いボールペンで書き込まれている。月を追うごとにその書き込みも次第に減っていき、そのうちとうとう書き込まれることもなくなってしまっていた。あまりにも変わり映えのしないスケジュールに、書き入れる必要性を感じなくなったのだった。この会社に入って二か月目には、取引先や、会社のすべての情報が、ミキの頭の中にインプットされてしまっていた。学校にいる時と違って、会社では一か月単位で物事が動き、更新されていく。一応月末がこの会社の締日になっているので、そこで帳簿を締め切れば一か月間の仕事の統計が弾き出される。そして月が変われば、それがまた新たなスタートとなる。一年が過ぎて決算を迎えれば、そこで一年間の稼ぎの総額が確定される。そして年が変われば、またゼロからスタートしなければならない。それが延々と途切れることなく続いていく。それが会社というものの実体なのだ。この会社は今の社長で二代目だというから、もう何十年も続いているのだろう。会社は決して年老いることはない。どんなに年数を重ねても、その先に死を見ることはない。利益を上げている限り、それは延々と続いていく。この会社の従業員はわずか数十人にも満たなかったが、創業以来どれほどの人間がこの会社で働き辞めていったことだろう。その中にはもうすでに死んだ人もいるかもしれない。

人はいつか老い死んでいく……。

ミキもまたいつかはこの会社を辞める時が来るだろう。それは前の女子社員と同じように結婚した時かもしれない。途中でこの仕事が厭になって会社を変えたくなる時かもしれない。ここより仕事が面白くて条件が良ければ、そこへ行くにこしたことはないだろう。友達に義理立てしなければならない理由など何もないのだ。しかし、たとえ一生この会社に勤めることがあったとしても、停年になればいやでも辞めなければならない。途中で病気で倒れてしまうことがあるかもしれない。どんなに望んでも、いずれは身体が言うことを聞かなくなる時がくる。もし何事もなく一生勤め上げることができたとしても、それがどんな意味をもつものなのかミキにはわからなかった。

ほとんど一日の大半を、ミキは机の上で頬杖《ほおづえ》をつきながら、通りを行き交う車の流れをぼんやりと見るともなく眺めて過ごした。今頃かつての中学校の仲間達は、都会の大学でキャンパス生活を満喫していることだろう。私だけがこんな何もない片田舎のちっぽけな運送会社の事務机に釘付けになったまま身動きも取れないでいる。こんなところで一生無事に勤め上げたからといって、それが何になるだろう。ただ家族を養うためにだけ働いて、年老い、最後に一人取り残された時、いったいそんな人生にどんな意味があるというのだろう。

一年が経ち、ミキは仕事に対する意欲をすっかり失なってしまっている自分に気が付いた。会社の方は順調に業績を伸ばしていた。事務の仕事量も次第に増えていっていた。ミキはもう仕事の大半を任されて、友達も専務も事務所に顔を見せることはなくなっていた。月に何度か隣町のT市に買い物に出掛ける時だけ、めかし込んだ母と娘が事務所を通り過ぎてから、入り口の所で振り向き様にっこりと微笑《ほほえ》んでミキに挨拶を交わしながら、いそいそと出て行くのだった。

給料も勤め始めた頃に比べれば、かなり上がっていた。他の従業員も皆良い人達ばかりで、何かとミキに気を遣ってくれて、遠出をした時などは地方の珍らしい土産《みやげ》等を買ってきてくれた。会社に対する不満は何もなかった。ミキの収入が増えた分、母親もパートに出る回数を減らしていた。仕事を辞めて家で静養するように勧めたのはミキの方だった。母親の身体がかなり弱ってきているのが見た目にもはっきりとわかった。しかし何度忠告しても母親は聞かなかった。仕事に出る回数は減らしたとはいうものの、まるで何かに取り憑かれたようにフラフラとした足取りで勤め先に出かけて行くのだった。家族のためにも、ミキは今の会社を辞めるわけにはいかなかった。会社に対する恩義も十分すぎるくらい感じるようになっていた。でも、このままで自分の人生を終らせたくはない。もうすでにミキの頭の中で、長い間葛藤と逡巡《しゅんじゅん》を繰り返していたのだった。

「よし江、ちょっと話があるんだけど……」

会社の帰りがけに、ミキはとうとう友達に切り出して週末に会う約束を交わした。

「事務所ではできない話なの?」

日曜日に待ち合わせた喫茶店で、遅れて来た友達が座席に腰掛けるなり、そう言ってミキを見つめた。

「ごめん、よし江……」

「いい、言わなくていいわ。わかってる……ミキ、辞めたいんでしょう?」

驚いてコーヒーカップを手にしたまま顔を上げると、友達の目に薄っすらと涙が光っていた。

「わかってた、ずっと前から。ミキ、悩んでるの、わかってた。ううん、最初からこんなちっぽけな会社に勤めてくれるなんて思ってなかったから……私、ミキのこと好きだから、一緒にいたかっただけなの。いつまでいてくれるかなあって、内心はらはらしながら見てた。思ったより長くいてくれたから、もういいのかなあって。ひょっとしたら、ずうっとこのままいてくれるのかなあって。期待した時もあったんだけど、やっぱり駄目か、ハハハ、しょうがないね……」

友達は笑いながら手の甲で涙を拭いた。

ミキは意外な気がした。この友達が今までそんなにも真剣な目で自分を見つめてくれていたとは……。もともとミキの方はその友達のことを、学校時代から何ら特別な意識を持って見ていたわけではなかった。他の仲間と同様、卒業してしまえば何の係わりもなくなる単なる学校友達にすぎなかった。ミキは自分のことだけで精一杯で、他に関心を向ける余裕すらなかったのだ。

「よし江、ごめん……」

それ以外にミキは返す言葉が出てこなかった。その時、ミキは初めてその友達に後ろめたい意識を感じていた。

「ミキがそう決めたのなら、もう、私なにも言わない。引きとめたりなんかしない。でも……」

「でも？」

「今すぐ辞められたら困る。会社も順調にいっている時だし、仕事に穴を開けたくないの。代わりが見つかるまで待って」

「もちろんよ。そのぐらいわかってるわよ、私だって。今すぐ辞めようなんて思っちゃいないわ」

「でもねえ、中々難しいのよ、後釜《あとがま》を探すのって……ほら、こんな田舎町でしょう。新聞に広告を出しても、さっぱり反応ないし。結局伝手《つて》を頼るしかなくなっちゃうんだけど、今時、家でぶらぶらしている人なんていないしね」

「よし江はどうなの？」

「私？　ううん、私はだめなの。もう決まっているから……」

この町から数時間ほど行った所にある地方都市に、すでに就職を決めているのだと、その友達は言った。

「私もずい分迷ったんだけど。自分の家でしょう。親には、私がミキの今やっている仕事をやるように言われていたんだけど……」

ミキはショックだった。その友達は学校の成績ではとてもミキには及ばない、隣町の高校にも行けないほど下位のクラスだった。ミキに家の仕事を任せて、自分はただ奥の部屋でおやつを頬ばりながら、母親と一緒にテレビでも見ているものとばかり思っていたのだ。そうではなかった。その友達は高校を卒業すると同時に意欲的に就職活動を始め、自分の学業の足りない部分を埋めようと、家で必死に勉強に励んでいたのだった。

「こんな田舎で、一生を終らせたくなかったの」

それは正にミキの今の思いと一緒だった。特に目立ったところがあるわけでもなく、成績も性格的にも派手さのないその友達の口からその言葉を聞くことに、ミキは驚きを隠せなかった。

「この会社に勤めるのは既成の事実だったから……親の会社なんだから、それが当たり前なんだって。特に疑問に感じてたわけじゃなかったんだけど」

その友達は遠くを見るような目で微笑んだ。

「暫く勤めて、そのうち親戚の紹介かなんかで結婚して、子供をつくって。それで、子供が大きくなったら、また、その子にこの会社を継がせて……。ほら、私、一人っ子でしょう。逃げられないのよねえ、この家から」

友達は、以前母親と出かけた時と同じ服装をしていた。ミキは普段着のままだった。友達の唇《くちびる》には薄っすらと淡いピンク色の口紅が光っていた。

「これでいいのかなあって、考えちゃって、フフフ……。ここの事務員さん、辞めたでしょう。それまでは、そうでもなかったんだけれど、まだ私自身、必要性なかったから。回りもそうだし。でも、辞めちゃったら、今度はお前がやるんだよってことになっちゃったわけでしょう。それはわかってるんだけど。もう逃げ道がなくなっちゃうと、それが当然なんだよ、なんて目で見られると、なんて言うのかなあ、それはちょっと違うんじゃない？　みたいな気がしちゃって。だってそうでしょう。自分の道は自分で決めるものでしょう。他人が決めたり、もう前から決まってるんだなんて、既成の事実みたいなことで言われたりすると、それはおかしいよって、かえって反発したくなっちゃうのよね。じゃあ、この私の意志はどうなるの?ってという感じで」

もう私達は二十歳《はたち》になる……。ふとミキはその友達の似合わない化粧を見ながら考えていた。すでにミキの大半の仲間達が大学に進学を決め、この町を旅立って行った。そして大学へも行かれず、自分の家の商売を継ぐしか能がないと思っていた友達すら、今また自分の進路を決めて、この町を旅立とうとしている。自分だけが、将来に何の設計も持たずに、この町に一人取り残されようとしている。そのことをミキは激しい焦燥感の中で意識した。

「なんか空しくなっちゃって。このまま、何んにもできずに、こんな田舎町に閉じ込められて一生を終ってしまう自分が、情けなく思えてきちゃったのよ」

ミキはこの会社を辞めてその先どうするのか、具体的なプランがあるわけではなかった。自由に明確なプランを組み立てられるほど、自分は自由な身体ではない。親に、家族に、この田舎町に縛り付けられる自分を、ミキは改めてひしひしと感じていた。

「ミキには申し訳なかったんだけど……。なんか私の身代わりにさせちゃったみたいで」

ミキは自分の意志でこの会社を選択したわけではなかった。友達に勧められるまま、その意志に従っただけだった。かつてのミキのそれまでの人生においてもそうだったように、親や、友達や、先生の指示に従い、それらの小さな枠の中で、ささやかな反抗を繰り返してきたにすぎなかった。けれど、今、ミキは会社を辞めるという決断が、それまでの人生の中で、やっと自らの意志で下した十分な選択になり得ることに初めて気が付いたのだった。それは、同時に、次なる新たなる旅立ちへの選択でなければならなかった。

ミキはそれから一か月後にその会社を辞めた。運良く、友達が母校に手配をして、新卒者を回してもらったのだった。新入社員に引き継ぎを済ませ、ミキが会社を去った一週間後に、その友達もまた新たな勤め先に向けて旅立って行った。

5

電車の出発時刻まで、あと一時間と迫っていた。

あと一時間……。それですべてが終る。この町での忌まわしい思い出のすべてが。そして新たな旅立ちが始まるのだ。まだ手付かずの真っ白いキャンバスのような、自らの自由と意志で切り開いていける人生が。

奥の部屋で寝たきりの母親の、ごほごほと咳き込む声が聞こえていた。ミキは鏡台の前で、これも新たに買い揃えておいたイヤリングを耳に取り付けた。人差し指でちょんと弾くと、光沢のある緑色の石が淡い落着いた光を放ってゆらゆらと揺れた。ネックレスとセットになっていて、金の鎖の中央に、やはり同じ緑色の小さな石が付いていた。首にはめると、その石はちょうど鎖骨の真ん中辺りに位置した。

もう思い残すことはないと、ミキは思った。やるだけのことはやったのだ。清々《すがすが》しい充実感が身体に満ちていた。もう悔《く》いはないのだと……。ミキは足元に置いたハンドバッグを手に取って、中を覗き込んだ。用意はすでに昨夜のうちに終らせていた。忘れものがないか、最後の点検をしようと思ったのだ。

逡巡は散々《さんざん》繰り返してきた。胃に穴が開くほどの葛藤も、これまで幾度となく味わってきた。事実、ミキはまだ若いうちから胃潰瘍で何度も倒れたことがあった。性格からは想像もつかないと、その度に何度も周囲の者に笑われもした。そしてその度に、他人の奇異の視線に身を晒《さら》す前に、自らの葛藤を心の奥底に封じ込めようとしてきたのだった。

衣類や日常生活に最低限必要な小物類は、すでに前もって会社の寮に発送していた。後は身一つで明日の入社式に臨《のぞ》めばよかった。

あと一日……。

とうとうここまできたのだと、ミキは万感迫る思いでそれまでの過去を振り返った。明日から新たな出発が始まる……。もう迷いはなかった。身も心も、すでに明日という日を駆け巡っていた。もう、後戻りするわけにはいかないのだと。時間を逆回転させるわけにはいかない。すでに奔流のように明日に向かって流れ始めている時の流れの勢いを、ミキはみなぎる決意の中に感じていた。

思えばここまで長い道のりだった。そしてそれは決して平坦《へいたん》な道ではなかった。何度挫《ざ》折《せつ》しかけたことだろう。何度諦めかけたことだろう。今まで幾度となく、迷い、悩み、疑い、諦め、その度に決意を新たにしてきたことだろう。それが、今、やっと報われる。今まで苦労してきたことが、流した汗と、血と、涙の量が、その分量だけ、今、祝福となって帰ってこようとしている。

ミキは鏡台の前から立ち上がって、鴨居《かもい》に掛けたハンガーからスーツの上着を抜き取った。あと、一時間……いや、もう十分を回っている。ゆっくり歩いて行けば、三十分ぐらいで駅に着く。ミキはスーツに腕を通して、ゆっくりとバッグを肩に掛けた。

6

ミキがT市の食品会社に勤め始めてから、すでに二年が経過していた。友達の運送会社を辞めた当座、ミキにはまだ将来に対しての明確な考えがあったわけではなかった。この町では勤め先の数も限られているので、隣り町のT市に行けば、まだ自分の能力を活かせるような仕事を見つけることができるのではないかという漠然とした思いだけに縋《すが》って、ミキはT市に出掛けて行ったのだった。そこだと通う時間もそれほどかからない。T市の高校に受験できなかった無念さも手伝ってか、かねてからミキはT市に働き口を見つける思いを募らせていた。

しかし、ミキはすぐにその食品会社に就職できたわけではなかった。現実はミキの考えているほど甘くはなかった。確かにこの田舎町とは違って、T市にはミキが思い描いていたような大きな会社が沢山あった。たとえ事務所の規模は小さくても、東京や地方都市から進出してきた支店や、営業所と名付けられたそのオフィスの椅子に自分の席を得ることは、その大企業の社員として採用されることを意味した。たとえミキにどれほどの能力があろうと、地元の農業系の高校の学歴しかない者にとっては、あまりにもそれらの会社の敷居は高すぎた。数十通送った履歴書のすべてを、ミキは書類選考の段階で突き返されたのだった。

これが現実なのだと、その時ミキは初めて思い知らされた。それまで思い描いてきた淡い夢が、ズタズタに切り裂かれるのを、ミキは目の前で黙って見つめるしかなかった。このままでは誰にも相手にされない……せめて何かの資格でも身に付けなければ。その時、ふと、ミキは通信教育で大学の資格を取ることを思い付いたのだった。そしてその時からミキの格闘が始まった。

当面の間はまともな就職を諦め、アルバイトを転々としながら日夜勉学に励んだ。アルバイトだから当然収入は減る。ボーナスもない。けれどミキは勉強する時間が欲しかった。就職してしまえば収入は安定するかもしれないが、自分の自由になる時間が制限されてしまう。精神的な拘束感《こうそく》も拭《ぬぐ》い切れない。何よりも挫折《ざせつ》しそうになった時に、その会社を言い訳にしてしまう自分が恐かった。その分ちょっとだけ贅沢《ぜいたく》を我慢すれば良い。遊びも、おしゃれも、友達との付き合いも辛抱《しんぼう》して、寸暇を惜しんで勉強に励んだ。

仕事と学業の両立は、ミキの考えていたほど楽なものではなかった。ミキの選んだコースは四年制の大学だった。働きながら卒業の資格を得るには、最低でも六、七年はかかると聞かされていた。ミキにとって問題なのは、仕事のきつさでも、学業に対する能力上の問題でもなかった。一、二年のことならミキの持ち前の根性で集中力を持続させることもできたかもしれない。けれど六年間という途方もない道のりを歩き続けられるかどうか、正直ミキにも自信がなかった。自分のためだけに働いていれば済む身分ではなかった。月々のミキの稼ぎが一家を支えていた。仕事の方を減らして、その分を勉学に当てることは許されなかった。アルバイトという不安定な身で、どこまで集中力を途切らさずにいられるものか、ミキにはわからなかった。

しかし、それは年を重ねるごとに、漠然とした思いから、次第に具体的な輪郭《りんかく》を持った夢へと変貌《へんぼう》を遂《と》げていった。ミキが今まで自分の人生で、初めて自らの意志で描き、選択した将来への夢だった。この逼塞《ひっそく》するような田舎から飛び出すこと、都会の大学を出て一流企業に就職し、自分の能力を思いっ切り試してみたい。それが、小さい頃からのミキの夢だった。そしてその夢を、家庭の事情でいつも断念しなければならなかった。

その一度は諦め、すっかり閉ざされてしまった道が、ひょんなことから再び自分の元に巡ってこようとしている。たとえ正規のコースではない通信教育とはいえ、その一日の時間のすべてを学業に当てることもままならない茨の道とはいえ、自らの意志の選択の先にその道が再び開かれようとしていた。どんな困難が待ち受けていようとこの道を歩み続けていこう、それがどんなに苦渋に満ちた過酷な道であったとしても、今度こそは最後まで渡り切ってみせる、とミキは固く心に誓ったのだった。

努力の甲斐あってか、ミキは五年間で無事その大学の卒業資格を得ることができた。すでにミキは二十五歳になっていた。その後のT市での就職活動は、予想したよりスムーズに進めることができた。たとえ正規の大学資格ではなくても、働きながら取得した資格を、皆好意的な目で見てくれた。今度はただ選ばれるのを黙って待っているだけではなく、こちらから選ぶ選択の余裕すら持つことができた。

次にミキが直面しなければならなかったのは、結婚という壁だった。二十五歳という適齢期を迎えたミキを、仕事本意で採用しようとする会社はどこにもなかった。今度の食品会社に就職できたのも、たまたま経理のベテラン社員が退職したので、その穴埋めをしなければならなかったのだが、適当な人材が見つからないため、一時的な補充としてミキが採用されたにすぎなかった。小さい会社ながらも、一応一通りの経理事務をマスターしていたので、その経験が買われたのだった。

その会社は、都会の大会社の支店でも営業所でもなかったが、地元では大手のスーパーや食品小売店に店舗を出している中堅クラスの会社で、かつてミキが働いていた運送会社とは比べものにならないほどの規模だった。仕事の内容も、前の会社より格段事務量も多く、内容も複雑だった。勤め始めて一年間はあっという間に過ぎた。新しい仕事を覚えるだけで精一杯だった。それまで得たミキのささやかな知識だけではとても追いついていけず、通信教育の勉強がなくなった分だけ、今度は仕事の方の勉強をしなければならなかった。

忙しい時は最終電車で帰ることも暫々《しばしば》あったが、持ち前の頑張りと能力で、ミキはこの会社の経理もほぼ一年ほどでマスターしてしまった。なんとかやっていけそうな自信がミキの中にも湧き始めていた。しかし、そう思った矢先に、新たなベテラン男性社員が採用され、ミキはその男性社員の補佐に回されてしまったのだった。なぜだろう……ミキには訳がわからなかった。ミキの勤めていた事務所は、各店舗を統括する本社組織で、そこにはその会社を一代で築き上げたオーナー社長の部屋もあった。ミキはそれまで、自分の上司である総務部長にも、その社長にも、今まで仕事のことで批難めいたことを言われたことは一度もなかった。むしろ良くやっていると、好意的な言葉を掛けてもらっていたほどだった。自分でもそれほどミスをしたり、遅れたりしているようには思えなかった。

会社は始めからミキに全面的にその仕事を任せる気などなかったのだ。だから仕事の内容がどうあれ、今まで怒られることもなかったのだと、ミキは新しく入ってきた男性社員の隣の席に自分の書類を移しながら、その時初めて気付いたのだった。所詮《しょせん》、どんなに能力があろうと、どんなに頑張ろうと、女は男の補助でしかないのだと。

再びミキは閑職に追い込まれた。それまでミキがやっていた仕事の大半を男性社員が引き継ぎ、ミキにはその補助的な計算事務しか回ってこなかった。かつての運送会社の時のように、一日の大半を漫然《まんぜん》と窓の外を眺める生活が再び巡ってきたのだった。この事務所はビルの五階で、通りを流れる車を見ることはできなかった。見えるのはただ無限に広がる青い空と白い雲ばかりだった。

今度の新人社員はミキよりかなり年齢が上で、仕事の方の知識も相当豊富なようだったが、良く社長室からその社員の怒鳴られる声が響いてきた。それがミキには不思議な気がした。何の実力もない駆け出しのミキが、一年間ほとんど怒られることもなかったのに、その社員はまだ入社して一週間も経っていないというのに、もう社長の叱責《しっせき》を買っている。いくら経験豊富なベテランとはいえ、入社して一週間ですべての業務を覚え切れるとは思われない。これが責任というものの違いなのだろうか……。女は仕事に対して責任を取らなくて良いのか、いや、責任のある仕事を任せてはもらえないのだろうか。

「いやー、きつい、きつい」

その年輩の新人は、社長室から戻ってくると、決まってそう言いながら団扇《うちわ》で火照った顔を扇《あお》いだ。けれど、その社員の表情には社長に怒鳴られた悲愴《ひそう》感が浮かんでいないのが、ミキには不思議な気がした。

「大変なんですね」

とミキが水を向けても、その社員はただうんうんと微笑みながら頷くだけで、返事が返ってくることはなかった。

社長室から怒鳴り声が聞こえてくる度に、ミキはその新人社員が自分の身代わりになっているような奇妙な錯覚すら感じられた。それはかつてのミキ自身に向けられるものだったにちがいない。それまでのミキと、その新人社員のやっている仕事の内容に、何の違いもあるはずはないのだ。そして、その社長の叱責を聞く度に、ミキは自分が無視されたような口惜《くや》しさを味わわずにはいられなかった。

閑職に回されてから、すでに一年が経過していた。

しかし、この一年間に事体は幾分変化を遂げていた。最初に入った年輩の新人社員は、二か月も経たずに退職していた。とうとう最後まで口に漏らすことはなかったが、社長の叱責が徹《こた》えていたのだ。

次に採用された男性社員も、前の社員と似たような経歴の持主だったが、履歴書のある些細《ささい》な虚偽《きょぎ》が発覚して、これは一か月も経たずに社長に首を言い渡されたのだった。三番目に入って来た社員がそれまでの社員の中では一番優秀で、社長の信任も厚く、ほとんど社長室から怒鳴り声も聞こえてくることはなかったが、会社の金に手を付けて、これも半年も経たないで辞めていった。

新人社員が辞めていく度に、次の社員が入ってくるまでの間は、再びミキがその業務の肩代わりをすることになったのだが、その間はミキの仕事に対して社長から何かを言われることはなかった。しかし、三番目の社員が辞めてからは、何かと社長はミキの仕事に口出しするようになっていた。それがなぜなのか、ミキは社長の気持ちの変化を読み取ることができないでいた。やっとの思いで採用した、信頼し得るに足ると思われた社員に裏切られたショックもあったのかもしれない。その後、会社はあえて表立った募集広告を出すことを止めてしまっていた。それもなぜなのか、ミキにはわからなった。それはミキに社長が自分に全面的に仕事を任せてくれようとしているのではないか、という淡い期待さえ持たせた。

社長の叱責は、日を追うごとにエスカレートしていった。どんな叱責もそれが仕事上のミスであるのならまだ理解できた。どんなに語気を荒げられても、まだ笑って耐えることができた。それが仕事上のミスとはまったく関係ないと思われるような理不尽《りふじん》な中傷《ちゆうしよう》を受けるに及んで、初めてミキは社長の叱責に疑いを向けるようになったのだった。

本来なら組織上ミキの仕事の責任は、上司である総務部長が負わなければならないはずなのだが、その総務部長には経理の知識がまったくなかった。ミキがこの会社に入社するまでは、経理部長がいたらしいのだが、その部長が辞めてからは総務部長が兼務していたのだった。組織上は総務部と経理部は統合されているわけではなく、各々の一つの部署として独立しており、経理部長は空ポストのまま実質的にはミキの上司はいないに等しかった。会社が出す募集は経理の事務社員で、経理部長としてのポストは含まれていなかった。今後会社がその経理部長のポストも埋める予定があるのかないのか、ミキは知らなかった。長くこの会社に勤めてミキがわかったことは、経理の形式上の責任は総務部長にあっても、実質的には事務担当者がその責任のすべてを負わなければならないということだった。

度重なる社長の叱責の中で、ミキの頭の中に次第に懐疑《かいぎ》と逡巡が膨《ふく》れ上がっていった。それは仕事に対する責任を付与することから必然的に生まれてくる怒りではないだろうか。人間の怒りの中で唯一《ゆいいつ》許される、お互いを成長させる決起となるエネルギーではなかったか。怒られることで自らもまた発奮し、そのエネルギーを成長の糧《かて》とする価値ある交感であったはずだ。

ある日、社長が出社直後、事務所を通り過ぎて社長室に向かう途中、ミキの机の前で立ち止まって、突然何やら訳のわからないことを大声で怒鳴り出したことがあった。それはミキにとって初めての経験だった。それまでミキは社長室に呼ばれて叱責されることは月を追うごとに増えてはいたが、他の社員が机を並べている事務所の真中で怒鳴られたことは一度もなかった。じっと耳を傾けて聞いていると、どうやら昨日のミキの些細な仕事上のミスに関係していることが察せられたが、それにしてはなぜこれほど大きな叱責に発展しなければならないのか、ミキにはその理由がわからなかった。事務所の隅から隅まで響き渡るような大声で捲《まく》し立てたかと思うと、そのまま社長室に引き籠《こも》ってしまった。仲間の女子社員が次々にやって来て、ミキの耳元に慰《なぐさ》めの言葉を投げ掛けていった。けれどそれらの言葉の一言もミキの耳に入ってはこなかった。

「あれじゃあ、もう長くはないわねえ……」

と向いの席の女子社員が社長室の方を見やりながら呟いた。

「病気の方、相当進んでいるみたいよ」

社長は糖尿病を煩《わずら》っているとかで、いつも会社には午後から出社して、早い時間に帰って行った。ミキもそのことは入社した時から聞かされて知っていた。社長の出社する回数も、事務所にいる時間も、次第に減ってきていることは誰の目にも明らかだった。

「早く自分の息子にこの会社を継がせて、自分は引退したいらしいんだけれど、何分これがどうしようもない放蕩《ほうとう》息子らしくて」

それもミキが今まで何度となく聞かされたことだった。

ミキは社長の言った言葉を何度も頭の中で反芻《はんすう》しながら、必死になってその語ろうとした意味を読み取ろうとしていた。

「あんたも大変ね、社長の鬱憤《うっぷん》晴らしの相手にされたんじゃ」

うっぷん？　この私が？……それじゃ、私はいったい何のために今まで必死に頑張って仕事をしてきたというのだろう。それほど大きな問題もなく仕事をこなしてきて、怒られ、怒鳴られ、詰《なじ》られなければならない私という存在って、いったい何なのだろう。

「ま、あんまり真剣に考えない方が利口《りこう》ね。何の意味もありゃしないんだから。真面目に考えてたら、前の三人のように辞めていかなければならなくなっちゃうわよ。次の社員が入って来るまでの辛抱ね」

しかし、二か月経っても、半年経っても、一向に新人社員が入ってくる気配はなかった。そして社長のミキに対する叱責は止まるところを知らないほどエスカレートしていった。もはや、事務所の中でもそんな日常茶飯事と化した社長の暴言にさえ、誰も耳を傾ける者もいなくなっていた。

ミキはまだ迷っていた。ひょっとしたらまた新たに新人社員が採用されて、自分は再び閑職に追い込まれるかもしれない。もしそうなれば今までのことなど単なる笑い話になってしまうだろう。でも、ミキは今の仕事に興味を感じていた。まだすべての仕事を完全にマスターしたわけではなかった。できればこのままこの仕事を続けていたい、とミキは思った。たとえ社長にどんなに罵詈《ばり》雑言《ぞうごん》を浴びせ掛けられようと、鬱憤晴らしの相手にされようと、この仕事を覚え切るまでは頑張ってみようと。そうしなければ、今の自分はまだ思い描いているような世界では通用しないだろう。今はまだ仕事の実績がほしかった。二年では足りない。最低でも三年、この仕事の経験がほしかった。自分の夢を実現するために、大いなる世界に羽搏《はばた》いていくために、もう一年だけ辛抱してみよう。何とか頑張り抜いてみようと、ミキは仲間の社員の励ましを耳にしながら考えていたのだった。

7

ミキは肩にバッグを掛けたまま、中腰で鏡台に写った自分の顔を覗き込んだ。そして睫《まつ》毛《げ》に付いた小さな埃を指先で弾いた。

すべての準備が整っていた。あとは出掛けるだけで良かった。奥の寝室で、母親のごほごほと咳き込む声が聞こえていた。もう思い残すことは何もない……ミキは再び、心の中でそう呟いた。明日になれば、伯父が来て母と兄を引き取ってくれるだろう。この家の処分も、すべて伯父に任せてある。それですべてが片付く。何も問題はない。思い残すことは何もないのだ。あとは思う存分自分の人生を歩んで行けばいい。

鏡台から離れて、もう一度ミキはゆっくりと自分の部屋の周囲を見回した。何か忘れ物があるような気がして落着かないのだ。それは、学校の遠足の時、リュックサックの中にまだ何か忘れ物をしているような、あの漠然とした不安と同じ種類のものだと、ミキは考えていた。

今日旅立てば、もう二度とこの家の敷居を跨《また》ぐこともないだろう。二十数年間のこの家での自分の歴史が、今この瞬間に終ろうとしている……部屋の中は必要なものを会社の寮に送った他、ほとんどのものを処分してしまっていて何もなかった。かつてそこで人が生活をしていたとは思われないほどのがらんとした空間だけが、白い蛍光灯の明かりに不自然に照らし出されていた。机とベッドだけが業者の都合《つごう》で処分が間に合わず、部屋の隅にまるで残骸《ざんがい》のように置かれていた。畳は長年絨毯《じゆうたん》を敷きっ放しにしていたせいか、まだ色褪《あ》せもせず青々とした香ばしい香りを部屋中に放っていた。

中学、高校時代の卒業アルバムも捨てた。それまでミキが大事にファイルし、積み重ねてきた数冊のアルバムもすべて処分してしまった。決して全部が全部悪い思い出ばかりというわけではなかった。随分と迷ったあげく、整理しながら最後に残ったアルバムを、一人学校の焼却炉に持って行って火を付けた。寄り掛かる杖となる一切のものを、ミキは捨てようと思ったのだった。

ただ一人……。

この家を一歩外に出れば、頼れるのはただ自分一人しかいなかった。ミキは部屋の窓を開け放った。夜のひんやりとした冷気が、ミキの頬を掠《かす》めて流れ込んできた。空には満天の星がちらちらと目映《まばゆ》いばかりの光を放ちながら輝いていた。

この星も、今日で見納め……。

苦しい時、悲しい時、辛《つら》かったすべての時を、ミキはこの満天の星々を眺めて過ごした。それは大いなる慰めとなった。どれだけ多くの励ましと勇気を、それは与えてくれたことだろう。そして生きることの孤独を。

両手を広げて、ミキは夜空に向かって大きく深呼吸した。奥で一際大きく母親の咳き込む声が聞こえた。そうだ、お母さんに最後の挨拶をしていかなくちゃ……。

ミキは窓を閉めて、母親の寝ている寝室に向かって行った。

8

社長の会社に出社する回数はめっきり減っていったが、ミキに当たる回数は逆に日増しに増えていった。すでにこの会社を辞める決意を固めていたミキにとっては、もう社長のどんな叱責にも身に徹えることはなくなっていた。そんなミキの平然とした態度が、かえって社長の目に生意気な態度と映ったのか、暫々、ミキに摑《つか》みかからんばかりの勢で語気を荒げる場面も何度かあった。

「すまないけど、ちょっとだけ身体を貸してくれないか」

と、四階のフロアにいる営業部の部長が上がってきてミキに声を掛けたのは、三番目の新人社員が辞めてから半年ほど経った、ある暑い夏の日のことだった。

T市の繁華街にある地元デパートに出店している店舗の、売場の女子社員が突然連絡もなく出て来なくなって、その手伝いに行ってほしいのだと、その人懐《なつ》こそうな笑みを浮かべる部長が言った。

「今度そのデパートで創立記念の物産展をやることになっていてねえ。募集はしているんだけれど、アルバイトも中々集まらなくて……」

その準備の最中に突然頼りにしていた女子社員が辞めてしまったため、その物産展の為の特設売場要員が足りなくなってしまったのだという。

「三日間だけなんだ。一応、売場にはうちの店長を張り付けるつもりだから、品物の出し入れぐらいの手伝いをしてもらえないだろうか」

と言って、その部長はミキの前で片目をつぶる真似をしながら両手を合わせた。

ミキにも部長の言っていることは良く理解できた。決して理不尽なことを言っているとは思わなかった。しかし、なぜ、それが私なのか、ミキにはわからなかった。なぜ、他の人ではだめなのか。

常設の店舗以外での特売は、別に特別な催しでもなんでもなく、今回の創立記念に限らず、どの店でも何かしらの口実を見つけて始終《しじゅう》やっていることだった。どの店でも毎月決められたノルマを課せられており、その目標に売上が達成しないと見れば、二―三日ぐらいの特売でノルマの穴埋めをするのが常だった。確かにその場合は特売専用の場所を別に借りなければならず、人手は足りなくなるのだったが、どの店でもほとんど知人や身内の者から人手を調達してきて、本社からの応援を頼むということはなかった。たとえ今回の特売がデパート全体の催しで、アルバイトを手配しなければならないほどの大掛かりなものでも、本社のしかも女子事務員に応援を頼むことに、ミキはどうしても納得がいかなかった。今までどんなに人手が足りない場合でも、この営業部長と、その配下の社員が店舗を駆けずり回ってなんとか穴埋めしてきたのだ。ミキにしても、退職した社員の業務の肩代わりをさせられ、毎日夜遅くまで残業を繰り返すほどで、とても店の応援などに行ける状況ではなった。しかしミキはその部長の片目をつぶる仕草の中に、社長の入れ知恵があることを咄嗟《とっさ》に読み取っていた。

断れない……。もし断れば、待ってましたとばかり社長に首を切られるだろう。

「こんな仕事ももまともにできないのなら、辞めちまえ！」と、冗談とも本気ともつかない言葉を、もうすでに何度か社長から投げつけられていたのだ。

そんなものなのだろう……と思いながら、ミキは諦めるしかなかった。一旦感情を拗《こじ》らせてしまえば、元に戻すことは容易なことではない。まだお互いが同等の立場なら、言い訳をすることもできただろう。自分の正当性を主張して、相手に納得してもらえることもできたかもしれない。しかし、相手は社長である。この会社の最高権力者なのだ。逆らうことは許されない。たとえミキの方が正しかったとしても、言い訳をしても火に油を注ぐ結果にしかならなかっただろう。たとえ間違ってはいても、それを言ったのが社長であるなら、その瞬間からそれは正義になるのだ。この数年間、ミキはそのことを厭というほど味わってきた。会社とはそういうものなのだ。どんなに逆らっても文句を言われないほどの実力と信頼を身に付けない限りは、黙って従うしかないのだ。

「わかりました。いつからですか?」

今の自分にとって許される唯一の自己主張は、この会社を辞めることの表明でしかないのだと、ミキはその時歯軋《はぎし》りする思いで返事を返したのだった。

店の出社時間は本社よりも早い。店を開ける前に色々と品揃えの準備をしなければならなかった。おまけに特売となると、会場の手配もしなければならず、さらに早目に出社しなければならない。ミキはその特売の当日、まだ夜の明け切らぬうちにT市に向かう電車に飛び乗った。駅からバスに揺られてそのデパートに着くと、特設会場にはどの会社もすでに大方の社員が出社しており、騒々しい熱気に包まれていた。

「やあ、悪いねえ、こんな朝早くから……」

と、ネクタイに赤いエプロン姿の部長が、ひょいと右手を挙げてミキに挨拶をしてきた。

デパートの八階にある催事場は、ほぼ各店舗の場所割りも終え、昨夜のうちに運び込まれたと思われる冷凍ケースや各種陳列棚が所狭しと並べられていたが、狭い通路には地階から次々に運び上げられる商品を積んだ台車でごった返しており、あちらこちらで荒々しい男達の怒号が飛び交っていた。ミキが到着した時には、もう大半の商品の搬出が終えられており、この店の店長と部長が陳列ケースの前で、何やら神妙な顔付きで会話を交わしながら、最後の点検を行っているところだった。

ミキは最初、部長の充血した目を見ながら、自分に気を遣って早く出て来て準備を進めていたものとばかり思っていたのだが、店長と二人でこの店に泊り込んで昨夜の内から準備を進めていたことを、後で店長にこっそり耳打ちされて知ったのだった。

今回の特売は平時の各店舗で行っているものとは違い、デパート自体が主催し、大々的に宣伝もしているので、うちの会社でも大量に仕入れしているのだと、ミキとほぼ同じ年頃と思われるまだ若い店長が言った。なぜか、いつもは温厚な部長が、今回に限って社長の反対を押し切ってまで、予定の二倍ほどの商品を発注したのだという。

「そんなに売れるとは思わないよ、おれはね。物産展といったって、うちの会社の品物じゃ珍らしくもなんともないしね……」

部長と、この店で長年勤めているパートのおばちゃんが、地階に不足した商品の搬入に降りていったすきに、その店長が小声で言った。約半分ほどがこのデパートに出店している会社の店舗で、残りの半分ほどは、地方の特産品を扱う会社で占められていた。商品の目新らしさでは負ける、とその店長も社長も思ったのだろう。多分、それが当たっているかもしれない、とミキもまた思った。

「あんたも経理やってたらわかっているとは思うけど、今、うちの会社、あんまり良くないでしょう。社長もカリカリきてて、良く電話が掛かってくるのよ。おれんとこにも……」

そうか、私だけではなかったのか。社長の雷の原因は病気のせいだけではなかったのだ。ミキは一瞬、すうーと胸の蟠《わだかま》りが取れる思いがした。

「おれはよ、電話だけで済むからまだいいけどよ。顔は見えないし、怒鳴られている間は耳に栓《せん》しとけばいいんだから、ハッハッハ。でも、部長は大変だと思うよ。毎日顔突き合わされて怒鳴られたんじゃねえ……」

そう言えば、社長が出社した時は、毎日決まって四階に降りて行って、三十分ほど過ごすのを日課としていた。なぜわざわざ四階まで降りていくのか、ミキはその訳がわからなかった。用事があるなら電話で呼び出せばいい。事実、何度か社長に呼ばれて、神妙な顔付きで部長が社長室に入っていく姿を見かけたことはあったが、月に何度もあることではなかった、わざわざ社長が下に降りていくのは部長を怒鳴るためだったのだ。社長が階下から上がってくる時には、紅潮《こうちょう》させた顔に晴れやかな笑みさえ浮かべていたものだった。売上の悪さを営業部長のところで当たり散らして鬱憤晴らしをしていたのだろう。店長にそう言われてみれば、確かにミキにも思い当たる節《ふし》があった。売上げが落ちてくると同時に、社長の階下へ降りて行く回数も増えていった。そして、それはミキに当たり始めた時期とも呼応していたのだった。

「良く部長がおれんところへ来て嘆《なげ》くんだよ、おれはもう駄目だって……。社長には怒鳴られ、部長には愚痴られたんじゃ、おれも立つ瀬がないよなあ、ハッハッハ。なんたって、ナンバー2なんだから、あの部長……。そして、挙句の果てに何て言うと思う？　売上げが悪いのは、お前のせいだって。これだもんな。きたないよなあ。結局、上の者は下の者に責任なすり付けて鬱憤晴らししてるんだから、ずるいよ。おれなんか、当たる人間誰もいないんだから……」

「あら、店長も部下に当たったら？」

「そんなことしてみろ、たちまち明日から店に出て来なくなっちゃうよ。気い遣ってんのよ、こう見えても。今時の若いもんは、何か嫌《いや》なことがあると、すぐに辞めちゃうんだから。こんな不景気じゃ、中々人もこないしね」

巷では不景気風が吹き荒れていた。経済にはまったく音痴のミキでも、仕事柄、業績の低迷が如実《にょじつ》に日々の数字に跳ね返ってくる現実を目の当たりにしていれば、世の中の動きにも多少なりとも関心を示さざるを得なかった。仕入業者が大手の会社に吸収合併されたり、倒産している噂も、このところ良く耳にするようになっていた。倒産で会社からあぶれた社員や、新卒の若者達も、早々、こんな不況に耐性のない地場産業を見限って、より条件の良い大都会へと目差して移動していくのだった。

「もし、今回の物産展で売上げがいかなかったら、部長も危ないよ……」

店長が陳列棚に並べられた品物に、手際よく価格票を取り付けていく。

「どれくらいなの？　ノルマ……」

「前年の三倍」

「えっ、三倍も？」

ミキは一瞬絶句した。

「そう、前年対比三百パーセントなんて信じられる？」

常設店舗の売上げですら、すでに前年の売上げを大幅に割り込んでいるのが実情だった。

「だから必死なのよ、部長も。自分で言い出したことだから」

「どうして、そんな……」

「一か八かの賭けだよ」

「かけ?」

「そう、今回のことがなくても後がなかったから、あの部長。責任、迫られていたらしいよ、社長に。それまでが良すぎたからね」

「だって、しょうがないじゃない、この不景気じゃあ、誰だって……」

「それは素人考えだっつうの。景気の良い時っていうのは、誰がやっても売れるもんなのよ。不景気の時こそ、本当にその人の実力が試される時なんだよ。もろに出ちゃうんだよ、その人の本来の実力が」

「ふーん、そうなの」

「そうそう、そういうもんなの」

「じゃあ、うちの部長さんは、その実力がないってわけ?」

「このデパートの他の店も同じように悪いのなら、社長も文句は言わなかったと思うよ。

うちだけなんだよ、悪いのは……。そりゃ、他にもあるよ、悪いとこ、この不景気なんだから。でも、うちほどじゃない。ひどすぎるんだよ、うちのは……」

「でも、ここだけじゃないでしょ、うちの他のお店はどうなの？」

「似たようなもん。会議の時、他の店の店長らに聞いても、やっぱり同じよ。他の会社は色々と手を変え、品を変えして工夫しているのに、何にもしないんだもん、うちの会社。おれも色々と部長に案を出すんだけど、全然聞いてくれないんだよ、あの部長。社長に言っても聞かないからって言い訳して……。結局、売れなかった時に責任取るのが恐いだけなんだよ。何か新しいことやってリスク抱えちゃうより、このまま無為無策でじり貧続けてる方がいいなんて、情けないよ、まったく。これじゃ、社長に愛想尽かされるもの無理ないと思うよ、じっさい」

「社長も、たまには視察に見えるんでしょう。良く店に行って来るって、出掛けられるから」

「うん、来ることは来るよ。でも、何しに来るのか、良くわかんないんだよね、これも」

「何か、言われないの？」

「全然……」

「そんなことないでしょう」

「だって、いつも五―六分くらいしかいないから。いつも店の周囲をぐるっと一回りしただけで帰っちゃうんだから。コートも帽子も脱がないで、つかつかと店の奥まで入って来て……。知らない人が見たらびっくりしちゃうよ。あの人、誰あれ？って感じで。どう見てもお客にしか見えないからね」

「でも、なんか一言くらいはあるんでしょう？」

「そうねえ……この前来た時は言われたっけ、汚い！って」

「汚い？」

「そう、例によって店の中に入って来たと思ったら、洗い場を見るなり、汚い！って言うわけよ。仕方ないよなあ、生《なま》もの扱ってんだから。ピカピカなんてできないよ。それに、社長が来る時って、なぜか決まって忙しい時間帯だから、洗い場も雑然としてるわけよ。わかってるんだけど、社長の口癖なんだから。食品会社なんだから店の中は常に清潔にしておかなければ駄目だっていうのは。これでも、社長が来る時には、事前に部長から連絡が入るから、パートのおばちゃんに整理はさせているんだけどね。きれいにして売上げが上がるんだったら、一日中洗い場をみがいているよって言いたいね、まったく」

「そうなの、結局、社長も部長と同じってことね」

「そう、なんたって社長だからね。自分が口出して失敗でもしたら、社員に示しがつかないだろ。何も言わなければ、まだ部長のせいにする逃げ道があるからね」

「だってオーナーなんだから、誰に責任取らされる立場でもないわけでしょう」

「だから恐いのよ。自分に才能があれば、誰におかまいなしにどんどんやるんだろうけど、若い時、かなり無理やって失敗したことあるらしいから。へたすると、社員にそっぽ向かれちゃうからね。数字がすべてだから、この世界。何やっても数字さえ上がれば、誰にも文句は言われないけど、どんなに格好良いこと言ってみても、数字が上がらなければ誰もついてこなくなるからね」

「ふーん、大変なんだ、えらくなると」

「そりゃそうだよ。えらい人っていうのは、それなりの権限も与えられるけど、その結果にも責任取らなきゃならないからね」

「だから、皆、口をつぐんじゃうんだ」

「黙って上の言うこと聞いてる方が楽だから、責任も取らなくて済むし。だから駄目になっちゃうんだよ、うちの会社。部長は部長で陰では悪いのは社長のせいだと言い振らすし、お互いに責任のなすり合いをしてるんだから。良くなるわけないよなあ、どう考えても」

デパートの開店時間が迫っていた。催事場はまだ大半の店が店の準備を終えておらず、狭い通路は、相変わらず行き交う台車でごった返していた。腕に名札を付けたデパートの催事担当者がネクタイ姿で何やら大声で各売場の責任者に指図して回っている。何か手違いでもあったのか、どこにも納まり切れそうにも思われない陳列ケースが、台車に載《の》せられたまま店の間をうろうろ回っている。消防署の職員が数人で通路の間隔を念入りにチェックしていた。フロアの入口から部長が荷台に一杯の品物を載せた台車を引きながら入ってくる姿が見えた。パートのおばちゃんが荷物が崩れ落ちないように、前で台車を支えている。「ごめんよ、ごめんよ」と言って人ごみをかき分けながら、後向きに進んでくるおばちゃんの威勢のいいだみ声が、ここまで聞こえてきた。

「やあ、すまん、すまん、えらく遅くなっちゃって。混んでてねえ……エレベーターが中々来ないんだよ」

赤いエプロン姿の部長が、額から吹き出した汗をぶ厚いタオルで何度も拭った。

「もう、五分前ですよ」

と、店長が横目で台車の荷物を睨《にら》みながら言った。

「おう、そうか、もうそんな時間か」

「それより、どうするんですか？　この荷物。置くとこないですよ、部長」

「売るんだよ、君い。決まってるじゃないか。まだ下にはこの三倍の商品が眠ってるんだよ」

「そりゃ、わかってますけどね……」

あから様にうんざりした表情を見せながら、店長が中腰になって積荷を解き始めた。店長が部長の背中越しに、ミキに向かって苦笑を送ってきた。

「さあ、早いとこ並べちゃおう。初日が肝心なんだよ、初日が、君い。売れるよ、今日は。入口でも、もうかなりのお客さんが待っているらしいから」

ミキは店長に習って、ダンボール箱の梱包をカッターナイフで解いていった。まだダンボールの品物を陳列ケースに並べ切らないうちに、店内に開店を告げるアナウンスが流れ出した。そして、それからわずか数分も経たないうちに、フロアの入口から怒濤《どとう》のようにお客が流れ込んできたのだった。

「そら、来たよ、来たよ、今日も頑張んなくちゃ！」

とパートのおばちゃんが、手を叩きながら、まるで自分を鼓舞《こぶ》するかのように大声を張り上げた。

人の流れはみるみるうちに催事場のすべての通路を埋め尽くしていた。一斉に各店からは威勢のいい客引きの声が上がる。それでも、入口からは人の流れが途切れることがない。次々に流れ込んでくるお客にガードマンだけでは対応し切れず、デパートの社員が慌てて人混みをかき分けて入口に駆け付けて行った。ミキはあまりにも想像を絶する人の流れに、言葉を失なってただ呆然《ぼうぜん》と立ち尽くしていた。

「皆、目玉商品目当ての客ばっかりなのさ」

と平然とした様子で説明してくれる店長の声も、フロア中に響き渡る騒音にかき消されてしまった。

「毎年、同じなんだよ。自分の目当てのものを買ってしまえば、皆、さっさと帰っちゃうんだから。人数の割には売れないんだよ。これが」

物産展では、毎年どの店でもチラシ広告を入れるために一品だけ目玉商品を出すことになっており、破格の値段を付けることを強要されていた。ほとんどの店が原価割れの値段を付けていて、売れれば売れるほど赤字が増える有り難くない売上げなのだった。開店間際に部長が運んできた品物も目玉商品だった。あまり長い時間目玉商品ばかり置いておいても、お客はそればかりにしか目がいかなくなるし、かといって早目に売切れ宣言を出しても、広告と違うと言って怒り出す客もいて、そのタイミングが難しいのだと、店長が嘆いた。

店長が言ったように、その後人の流れはまるで潮が引いていくかのように、一時間ほどでばったりと途絶えてしまった。開店当初の混雑がうそのように引いて、隣の店の話し声が聞き取れるほど閑散とした雰囲気に包まれてしまっていた。しかし、ミキはこの一時間ほどの間で、全精力を使い果たしてしまったと思われるほどの疲労を感じていた。

ミキはこの会社に入社した時、研修をかねて約一週間くらい各地域の店舗回りをさせられていて、店に出るのはこれが初めての経験ではなかった。一週間とはいえども、実地に店の売子の体験もさせられ、レジの締め方まで教えられていた。本社で仕事をする者は、全員現場の仕事を体験することがこの会社の習わしになっていた。今回の店の応援では、ミキは具体的な仕事の内容までは聞かされていなかった。品物の陳列くらいの手伝いをしてもらえば良いと部長に聞かされていたので、ミキは気楽な気持ちで店にやって来たのだった。しかし、初めての特売を経験してみて、ミキはなぜ本社から売場の経験もろくにないような社員を応援に頼まなければならないのか、その訳がやっと呑み込めた。

お客とは我が儘な動物なのだ。たとえ一分でも待たせようものなら、矢のような催促が飛んでくる。特に今回のような年に一度の創立記念セールと銘打った全店挙げての特売であれば、お客も尋常《じんじょう》な数ではなく、たとえ一度は品物を手にして代金を差し出しても、待たされると見れば、その品物を放り投げて他の店に行ってしまう客が結構いるのだった。

人手はいくらあっても足りるということはないほど、お客は陳列ケースを押し倒さんばかりの勢で押し寄せてきた。普段慣れていないせいか、つり銭の勘定が思うように頭の中で働かない。渡した瞬間に間違えたと気付いて冷や汗をかく場面が何度もあった。多く渡しすぎた客は何も言ってくることはなかったが、たとえ一円でも不足していれば、これほどの混雑の中でも平然と催促してきた。

「申し訳ありません」間違えた自分が悪いとはわかっていても、この忙しい時にたかが一円のつり銭にこだわるお客の心理が、ミキにはわからない気がした。この一時間ほどの間で、後から部長が運び上げた分も含めて、ほとんどの目玉商品が売り切れていた。

「いやあ、売れた、売れた。ハハハ、君のおかげだよ、ミキ君。いやあ、ありがとう、ありがとう、幸先いいぞ、こりゃあ、ハハハ」

部長が満面の笑みを浮かべ、紅潮した顔をタオルで拭いながら言った。

「売れたと言っても、まだほとんど目玉商品だけじゃないですか、これからでしょう、部長」

他の商品は全然売れてないじゃないですか、と言いかけて、ミキは慌てて口をつぐんだ。

「そう、これからだよ、これから、これからが本番なんだ。みんな、頑張ってくれよ、初日が肝心なんだから、ハハハ」

店長は部長の話を聞いているのか、いないのか、陳列ケースに張り付いたまま、じっと客の流れを凝視《ぎょうし》し続けていた。

客の流れが途絶えてからすでに一時間が経過していた。開店時の混雑からぱったりと売上は止まっていた。通路を流れる客も陳列ケースにちらちらと流し目を送るだけで、足を止めようとする客もなかった。

通常は魚介類の販売が主なのだが、今回はこの物産展のために部長が珍らしく地方を駆けずり回って、地元の特産品等を大量に仕入れしてきていたのだった。その商品の中で一番多いのが昆布で、大抵の種類が揃えられていた。昆布そのものは他の店でも取扱っていたが、普段家庭で調理する身が柔らかく値段も手頃なわずかな種類の品物だけだった。ところが、今回の物産展では正月にしか買わないと思われるような、かなり高価な品物が並べられていた。十二月ならまだしも、この暑い夏の盛りに、時期的に売れる商品ではないと、店長が部長に真《ま》っ向《こう》から反対した曰《いわ》くつきの品物だった。

「種類の豊富さを競うための、見せ物として並べるだけならまだわかるよ。これで売上げを稼ぐメイン商品に据《す》えるなんて、ちょっと考えられないよ……」

と言って、陳列ケースに山盛りに積まれた昆布の山を、さも恨めしそうな表情で眺めながら、店長が深い溜息をついた。

「このくそ暑いときに、どうして昆布なんか食わなきゃならないんだよ……。昆布って言えば鍋に決まってるだろ。疑っちゃうよなあ、まったく」

どうしてそんなものを仕入れしたのか、とミキが尋ねると、店長は業者に賄賂《わいろ》でも貰《もら》っているんだろう、と吐き捨てるように言った。

店が暇になって、部長はエプロン姿のまま、偵察がてらあちこちの店を歩き回っていた。顔が広いのか、どの店へ行っても知り合いがいるらしく、親しげに暫し話に興じる部長の赤ら顔が見えていた。

「確証はないけど、よっぽど安く仕入れたらしいよ。自慢してたから、この前。そりゃそうだろうよ、この時期、どうせ去年の正月の売れ残りなんだろうから。ただ安けりゃいいってもんじゃないんですよ、この商売。いくら安くても売れなきゃ何んにもならないんだから。ま、家庭用のやつはいくらか捌《さば》けるとは思うけど、この正月用はねえ……」

店長が話しながら部長の行方を目で追いかけていた。後方でパートのおばちゃんが一人で大きなだみ声を張り上げている。

「売れ残ったら、他の店に回すしかないだろうな。腐るものじゃないから。部長もそれを見越して仕入れたんだろうけど。でも、他の店の店長に恨まれるのはおれだからね」

部長は中々戻ってこなかった。ミキは先程から売上げがさっぱり伸びていないのが気になっていた。それにしては、店長もぶつぶつ小言を言いながらも特に焦っている様子も見えない。パートのおばちゃんだけが、実に楽しそうに一人大きな声を張り上げている。そう言えば、他の店でも交替で休憩でも取っているのか、幾分店員が減ったようにも見える。

「それはそうと、大丈夫？　こんなんで……」

「えっ、何が？」

「お客さんの数、すっかり減っちゃったみたいで」

「ああ、それね、平気、平気。大体こんなもんだから、今頃の時間帯は……」

一日のピークは、夕食の買い物時に主婦が殺到する夕方頃なのだと、店長が落着いた表情で言った。

この物産展の日程は、金曜から日曜日にかけての三日間で設定されていた。部長は初日が勝負だと言っていたが、金曜日はまだ主婦層が中心で、ほんとうの山場は最終日の日曜日になるだろう、と店長が言った。

「でも、去年の三倍は無理でしょう？　いくらなんでも……」

「うん、そうなんだけど、部長がデパートに交渉して陳列ケースを二つ増やしてもらっているから、去年並ということはないと思うよ」

「そうなの？」

「売場面積が広がれば、それだけ売上げが伸びるってもんでもないけど。肝心なのは品物だからね。こればっかりはお客に聞いてみなきゃわかんないよ、おれも」

と言いながら、店長がふと思い出したように腕時計に目を落とした。

「あっ、もうこんな時間。せっかく手伝いに来てもらって昼めしぐらい御馳走《ごちそう》したいところなんだけれど、生憎《あいにく》人手が足りなくてねえ、悪いけど交替で食事に……」

と言い掛けた時、慌てて部長が戻って来た。

「いやぁ、すまん、すまん、もう十二時回っちゃったねえ。さあ、ミキ君、食事に行こうか」

と言って部長がタオルで顔を拭きながら、通路からミキに手招きした。

「いいんですよ、部長、私だったらお構いなく。一人で行ってきますから」

「かまわん、かまわん。今の時間帯暇だから。お客なんて来やせんよ。じゃあ、店長、ちょっとお先に行かせてもらうけど、後、頼んだよ」

そう言って部長は、すたすたと入口の方に向かって歩き出して行った。ミキは右手を挙げて店長に挨拶を送ってから、部長の後について行った。ミキが案内された場所は、デパートの六階の奥まった所にある社員食堂だった。

「こう見えても、安くて結構うまいんだよ、これが」

と、部長がニヤニヤと嬉しそうな顔で、手際よくトレーに小皿を載せていく。セルフサービスなのか、和、洋、中の料理に、デザートや食後の飲み物まで、様々な品物が並べられていた。食堂内はもうほぼ満席に近いお客で埋まっており、各店のカラフルな制服で賑《にぎ》わっていた。

部長はトレーを大事そうに抱えながら、横向きで通路を抜けて行き、かろうじて空いていた窓際の一角に席を取った。

「いやあ、今日はごくろうさん。君のお陰で幸先のいいスタートが切れたよ」

そう言いながら部長は割り箸をパチンと割った。六階の、しかもこんな見晴らしの良い所に社員食堂が造られていたことに、ミキは意外な気がした。窓からは、真夏の目映いばかりの陽光が差し込んでいた。

部長はかなり肉厚な豚カツの一切れを、口に放り入れた。その隣りには、腹に卵がびっしり詰まった子持ちカレイの煮付けと、生野菜サラダが載っている。サラダにはマヨネーズがたっぷりと掛けられていた。かなり煮込んだと思われる、薄い若布が数枚ほど表面に浮かび上がったみそ汁を、部長は口先を尖らせてズーという音を立てながら美味しそうにすすった。口の中に食べ物を一杯に詰め込みながらも、部長は休むことなくミキに喋り続けた。会社ではフロアが違うせいか、ミキはほとんどこの部長とは日常顔を合わせることもなく、親しく言葉を交わしたこともなかった。来年、大学受験を控えた高校三年生の女の子と、反抗期を迎えた中学二年生の男の子がいて、家の中が殺伐《さつばつ》としているのだと言って部長が嘆いた。

「平気で親に暴力を振るうんだから、今時の子供は。君、信じられるかい?」

という割りには大して気にしている風もなく、子持ちカレイの卵を口に入れて、嬉しそうに笑った。

「大変なんですね、部長も。家でも、会社でも」

「そう、そうなんだよ、君ぃ！　会社では社長に怒鳴られ、家に帰っちゃ息子に殴られ、最愛の女房や娘には無視されたとあっちゃぁ、居る場所がないよ、まったく。ハハハ。情けないったらありゃしないよ。なるもんじゃないね、中年なんかに、ワッハッハ」

窓からはT市の市街地が一望に見渡せた。ミキはふと、Kや中学時代の仲間が通っていた高校を探している自分に気が付いた。けれど、その高校は反対の方角にあり、そこから見つけることはできなかった。

「会社もねえ……」

と部長は、食べ終った割り箸をパタリとトレーに置いて、遠くを見つめる表情で呟いた。

「もう少し僕に実力があったら、皆にも迷惑をかけないですんだんだけど……」

思わずミキは、手に持っていた食器をトレーにおいて、部長の顔を見つめた。それまでの無邪気な表情とは打って変わって、口元には悲しそうな微笑さえ浮かべていた。

「もう、誰も僕の言うことなんか聞いてくれなくてねえ……ここの店長なんかも、僕のこと悪く言っていただろう」

「えっ、いいえ、そんなことありませんよ」

「いや、いいんだ。うちの会社、こんなに悪くしたのは、みんな僕のせいなんだから」

と言いながら、部長はトレーに載ったコーヒーシュガーを指で摘んで、テーブルでトントンと底を叩いた。

「それは卑下《ひげ》しすぎじゃありませんか。だって、こんな不景気なんですもの」

「でも、他の会社はそこそこ売れてるしね。うちだけなんだよ、こんなに悪いのは。わかってはいるんだけど、ほんとは責任取って辞めなきゃいけないくらいなんだけど、今がねえ……今が一番金がかかるときなんだよ、家でも。それに、辞めてもこの不景気じゃ、僕なんかどこにも雇ってくれるとこなんかないしね……」

と言って部長は尖らかせた唇をコーヒーカップに近付け、ズズーという音を立てて冷めたコーヒーをすすった。

それ以上ミキも返す言葉を失なって、何度も音を立てながらコーヒーをすする様子をぼんやりと眺めていた。立場上、本社の自分の部下や店の店長達に弱音を吐くわけにはいかなかったのだろう。ミキは氷の溶けかかったアイスティにゆっくりとストローを差し込みながら、何と答えを返したものか言葉を探しあぐねていた。

「でもねえ、そうは言ってもね、このまま終らすわけにはいかないんだよ……」

と、部長は手に持ったコーヒーカップを、虚《うつ》ろな表情で見つめた。

「僕はねえ、ミキ君、夢があるんだよ」

「夢……ですか？」

「そう、この会社はねえ、社長と僕と二人で始めた会社なんだよ……」

「え？　二人で？……」

これは、ミキも初耳だった。

部長は頭の中の記憶を探るかのように、窓の方を見やった。空には雲一つない青空がどこまでも広がっていた。

「社長とも腐れ縁でねえ、創業以来のつき合いなんだよ。若かったなあ、あの頃は。なんにもわからなくてね。良く喧嘩《けんか》したもんだよ社長とも。僕も今と違って血気盛んだったから、まだあの頃は。自信もあったしね、恐いもの知らずというか、ただの無知なだけにすぎないんだけど。いつぞやなんか、社長がね、あんまり、やめちまえ、やめちまえって喚《わめ》くもんだから、じゃあ辞めさせてもらいますって、本当に辞表を出しちゃったことがあるんだよ。そしたら、何て言ったと思う？　社長が。バカ者！　君は冗談と本気の区別もつかんのかって、また怒鳴るんだよ。たまったもんじゃないよ、何やったって怒られるんだから、ワッハハッ……。店舗数も、今の三倍くらいはあったからね。店に出すもの、出すもの、何でも売れて、笑いが止まらなかったなあ、あの頃は……もう十年前の話だけど」

部長はコーヒーカップをテーブルに置いて、肩を怒らすようにして腕を組んだ。

「それが、どういう訳か、急に売上げが落ち始めてねえ、一旦、落ち出したら、もう誰にも止められなくて……どうしようもないんだよ。まるで急な坂を転がり落ちるみたいに、何が何だか訳がわからなくてね、不況のせいもあるだろうけど、儲《もう》かってた時は、銀行も、どうぞ、どうぞ、いくらでも借りて下さいって、わざわざ会社まで頭を下げに出向いてきたもんなのに。一旦悪くなると、どんなにこちらが頭を下げても、そっぽ向かれて。ひどいもんだよ、冷たいもんだよ、世間なんて……うん。一度なんか、社長が土下座したことがあったんだよ、銀行で。あの社長がだよ、君い、信じられるかい？　ほんとうの話なんだから。それでも、結局駄目で。え？　どうしたかって？　社長が自腹切ったんだよ。もちろん、僕の家も社長の家もとっくに抵当に入ってるよ。社長なんか、この会社と心中するしかないって、ハハハ。僕もそうだけど、ハハハ。社長も僕も親戚中から借りられるだけ借りたからね。もう、なあんにも残ってないんだよ、この会社以外に、ハハハハ……」

喋りながら部長の顔が次第に紅潮してくるのがわかった。ミキは氷だけになったグラスをストローで突《つ》ついた。

「でもねえ、ミキ君。なんだかんだと言っても、今、僕がこうしてここにいられるのも、結局は、みんなあの社長のお陰なんだよ。そりゃあ、色々あったよ、今まで、口に出して言えないことなんかもね。でもね、やっぱり違うんだよ、心構えが、僕なんかとは。なんたってオーナーなんだから……うん。僕も頑張ったよ。一時は血い吐くんじゃないかと思ったほど不眠不休で働いたこともあったよ。でも、やっぱり敵《かな》わないんだよ、あの社長には。一人で大きくしたみたいなもんだよ、社長が。この年までなんとか飯《めし》食わせてもらって、子供も大きくなって、家まで建てさせてもらって、感謝してるんだよ、あの社長には……。だから……だからね、だからなんだよ、もう一度、この会社を立ち直らせてみたいんだよ、僕のこの手で……それが僕の夢なんだよ、それが社長に対する唯一の恩返しにもなると思ってるんだよ、僕は……」

窓から差し込む日差しに照らされて、部長の目に薄っすらと光るものが見えたような気がした。

「やりましょうよ……」

「え?」

「まだ、これからじゃないですか、部長。やりましょうよ、みんなで」

「そうか……やってくれるか……」

「そうですよ。張り切ってますよ、ここの店長だって」

「そうか……そうか、そうか、うん、うん」

と、部長は何度も頷き返しながら、ズボンの後ポケットから取り出したタオルで顔を拭った。

「そうか、やってくれるか、君らも。うん、うん、そうか、そうか」

「頑張りましょうよ、部長。みんなで力を合わせればなんとかなりますよ。捨てたもんじゃないですよ、うちの会社も」

「うん、そうだな、そうだな、頑張んなきゃな。ありがと、ありがと、いやあ、良く言ってくれた、ありがとう、ミキ君……」

コーヒーをもう一杯お代わりして、部長は席を立った。とっくにお昼時も過ぎて、食堂内は閑散としており、交代で来る社員達が三々五々思い思いの席にトレーを運んでいた。

帰り掛けに、ミキはそれとなく昆布の仕入れの一件を部長に尋ねてみた。部長と話をしているうちに、なぜか妙に、店長の言ったことが気になり始めていたのだった。

「ああ、あれ？　あれはねえ、昔、うちの会社が危なかった時、社長と僕とが方々金策に回って、やっとうちに出入りしていた仕入業者に融資してもらったことがあったんだよ。その頃は、まだ会社の創業当時だったから、銀行にも相手にされなくてねえ。そこの社長さんに色々と会社経営のことも教えてもらったりしてね、いや、なに、たいした額じゃなかったんだけど、それがなかったら、間違いなく、うちの会社、潰《つぶ》れていたからね。今だに頭が上がんないんだよ、うちの社長も、その業者に。え？　僕？　まさか、逆だよ。もう断りましょうって、いつも社長には箴言《しんげん》してるんだけど、もう時効でしょうってね。借りた金は金利を付けてすっかり返済してあるし、何かある度にその業者からは必要以上の仕入れもしてたしね。もう十分恩を返したはずなんだけど、なんせ義理固いからね、うちの社長も」

爪楊枝《つまようじ》で歯をほじくりながら、従業員でごった返す業務用のエレベーターの天井を、部長は上目使いで暫し見つめていた。

「売れるわきゃないんだけど、こんな時期に……でも、そんなこと、店の者に言えんしねえ」

と部長がふーと鼻で溜息をついた瞬間、エレベーターの扉が開き、八階の催事場の熱気が怒濤のように流れ込んできた。

「よおし、頑張るぞ！」

売場に着いて、力瘤《こぶ》を入れて見せた部長の顔には、いつもの笑顔が戻っていた。特設会場は午後に入ってから徐々に客足が伸び、夕食の仕度のために主婦が出掛けてくる夕方頃には、すでに開店時を思わせるような黒だかりの人々で埋まっていた。予想以上の人出だと言いながら、その時初めて店長が部長に向かって満面の笑みを受かべた。

それからは、客足が途切れることもなく、開店時のあの戦争状態が延々と続いていったのだった。ミキも一通りの商品の値段も頭に入り、お客との対応にも慣れ、身体も次第にスムーズに動くようになっていた。何も考えず、汗だくになりながら、ミキは狭い売場を縦横に駆けずり回った。頭の中の一切の思考がそぎ落とされていた。過去も未来も、頭の中にはなかった。部長も、店長も、パートのおばちゃんの姿も目に入らなかった。怒号《どごう》のように店内を巡り巡る会場の喧騒《けんそう》も、耳には届かなかった。目に入ってくるのは、ただ商品と包装紙と、差し出すお客の手と、お金と、レジだけだった。無我夢中で、ミキはその間を往復した。

今、この瞬間だけを、ミキは感じていた。疲れはなかった。むしろ、身体中に漲《みなぎ》るエネルギーを感じていた。いつの間にか叫んでいる……自分が？　こんなにも大きな声を出して。それでも、お客には聞こえないのか、顔を横に向けて、ミキの方に耳を傾けてくる。思わずミキも、お客の耳元に唇をくっつけるようにして叫び返す。お客が納得したのか、うんうんと頷きを返している。満面の笑み。晴れやかな笑い声。腹の底から笑いが込み上げてくる。こんなに心の底から笑ったことは、何年振りのことだろう、記憶にない。ひょっとしたら、初めての経験かもしれない。ミキの耳の中に一切の騒音が消えていた。そして、はっきりと見えていた。生き生きと動き回る自分の姿が。生きている……自分は今生きている……。この単純で当たり前なことを、ミキは生まれて初めて味わっていた。生きる喜びを。

「いらっしゃい！　いらっしゃい！　さあ、お買い得だよ、格安だよ、年に一度の大安売だよ！」

ミキは、自分が自分でないのを感じていた。物を売るということが、こんなにも楽しいことなのか。お客は、どの客も皆、同じ顔をしていた。皆、幼い無邪気な顔をして、品物を手にした後、誰もが満足そうな表情を浮かべて立ち去っていく。自分の一つ一つの動作、繰り返される一つ一つの行為が、売上げにつながっていく。けれど、ミキの頭の中には、売上げのことも、数字のことも、ノルマのことも頭にはなかった。お客の満足が、自分の満足へとはね返ってくる。その交流の中から、スパークするような喜びが湧き上がってくるのを、ミキは身体で感じ取っていた。自分にはこういう仕事の方が向いているのだと、ミキはお客の対応に追われながら考えていた。自分の進むべき進路が決まったことを、その時ミキははっきりと感じ取ったのだった。

一日を終えて、レジを締めてみると、ほぼ去年の二日分の売上げに達するかと思われるほどの集計結果が弾き出された。最初、打ち出されたレジの数字を、部長が目を大きく見開きながら、暫し信じられないといった風で眺めていた。そして、意を決した様子で、再びお札の束を数え直したのだった。

「や、やった……い、い、いったんだよ、君い!……」

部長がレジの前で、唖然《あぜん》とした表情で周囲を見回した。

「えっ、ほんとうですか?」

と、店長も驚いた様子で、慌ててレジの側に駆け寄ってきた。

疲労困憊《こんぱい》で動けなくなった店長の代わりに、部長がレジを締めたのだった。

「ほんとうですか？　部長……」

とミキも掠《かす》れ声で尋ねながらレジの方に近付いて行った。

「部長さん、数え間違えじゃないの」

とパートのおばちゃんだけが声変わりもせずに、床に座って煙草を吹かしながら言った。

おばちゃん以外は、皆の声が潰れてしまっている。喉の奥からガラガラという声だけが漏れて、誰の声なのか判然としない。ミキも、喋ろうとすると、喉が破れたように掠れた声しか出てこなくてうまく言葉にならない。それが可笑しかった。笑おうとしても、腹筋に力が入らない。部長がレジを集計する間、床に足を投げ出して座っていたせいか、立ち上がると足がふらついてまともに歩けない。太腿《ふともも》がパンパンに張っていて足が吊ってしまうのだ。しかし、ミキは疲労感を遙かに通り越して、全精力を使い果たした後の、あの気怠《けだる》い陶酔《とうすい》感すら感じていた。

「間違いじゃない、間違いじゃないよ、君い、ハハハ。何度数えても同じだよ。いった、いった、いったんだよ、君い、ハハハ。夢じゃない、夢じゃないんだよ、これは、ハッハッハッ」

まだ誰も信じられないといった表情で、部長の一挙手一投足を注視していた。

「いけるよ、いけるよ、うん。この調子でいけばなんとかいけそうだよ。今日の売上げを三日間続ければ、ノルマ達成だ！」

打ち上げに行こうという部長の誘いを断って、ミキは帰りの電車に飛び乗った。

「まだ、明日があるじゃないですか、いいんですか、そんなに浮かれていて……」

ミキは身体中がバラバラになりそうで、とても飲みに付き合える状態ではなかった。

「うん、そうだな、君の言う通りだ。勝って兜《かぶと》の緒《お》を締めよということもあるからな。うん、そう、じゃあ、最後に笑って皆でうまい酒を飲めるよう、明日も頑張るか」

「そうですよ、明日のために英気を養わなくっちゃあ」

ミキは家に帰ってから、その日は風呂にも入らず、そのままベッドにもぐり込んだまま泥のように眠った。久し振りの熟睡《じゅくすい》だった。睡眠時間は短かかったが、目覚めた時昨日の疲労はすっかり取れていた。昨日の朝より一時間早く起きて、朝風呂に入った。温めのシャワーが心地良く顔に当たった。そして、昨日の汗を洗い流し、髪の乾き切らぬうちに身仕度もそこそこに、再びT市へ向かう電車に飛び乗ったのだった。

店に着くと、売場には誰の姿も見当たらなかった。昨夜のうちに、ほぼすっかり売り切ってしまった商品を、地階にでも取りに行っているのか……。陳列棚の横には、すでに新しいダンボール箱がうず高く積み上げられていた。ミキは早々エプロン姿に着替えてから、ダンボールの梱包を解いて、中の商品を次から次へと陳列ケースに移し替えていった。

入口の方に、地階から台車を引いて上がってくる姿が見えた。部長の顔は昨日よりもさらに紅潮して、目も真赤に充血していた。

「おはようございます、部長」

「やあ、やあ、おはよう、おはよう、昨日はどうもごくろうさんだったねえ。今日も頑張ってくれたまえよ、期待してるからね、ミキ君」

部長の髪は、まるで頭から水でも被ったみたいに、ぐしょぐしょに濡れていた。首にかけた厚地のタオルで頻《しき》りに顔の汗を拭っている。

またこのデパートに泊り込んだのかと思って、部長が離れた隙にそっと店長に聞いてみると、昨夜部長に誘われて、深夜の二時まで付き合わされたのだと言う。

「好きだからねえ、部長も、お酒が。いつもこうなんだもの、軽く一杯、なんて言って…

…喋り出したら止まらないんだから」

そう言いながら店長が眠たそうな目を擦《こす》った。

「いいんですか、こんな大事な時に、そんなに飲んじゃって」

「ま、男にとっちゃ、これが気付け薬みたいなもんだから。おれもどちらかというと、嫌いな方じゃないからね、ハッハッハッ」

「まあ、あきれた、二人して。知りませんよ、ノルマいかなくても」

「いいよ、そん時は本社から手伝いに来てくれた人のせいにするから、ハッハッハッ」

その日は、午前中はまずまずの滑り出しだったものの、午後に入ってから思わぬ集中豪雨に見舞われ、客足はぱったりと止まってしまったのだった。天気予報でも予想していなかったことで、誰もが一時的な通り雨だと思って気にも掛けないでいた。しかし、その雨は夕方を迎える頃になっても、中々止む気配を見せなかった。部長は何度もこのデパートの家電製品売場に降りて行っては、ラジオの天気予報に耳を傾けた。回を重ねるうちに、部長の顔がみるみる青ざめていくのがわかった。

ミキは閑古鳥が鳴く店内を見回しながら、昨日の勢いが一気に冷めていく虚脱《きょだつ》感を味わっていた。この客足では、いつもの部長の掛け声もどこか拍子抜けして、場違いな印象さえ与えた。

「だめだ、こりゃ……」

と店長は早々敗北宣言を出して、休暇室へ引き籠ってしまった。

これが店舗を構えることの最大の弱点なのか……。どんなに安くて良い品物を並べても、肝心のお客が来ないことにはなんにもならない。お客の首に縄をつけて連れてくるわけにはいかないのだ。ただじっと待つことの悲哀《ひあい》と焦燥感を、ミキは空しい気持ちの中で味わっていた。自分の足で売上げを確保できるような仕事……。暇を持て余しながらも、ミキの頭の中には様々な思いが広がっていった。

結局その日は午後から降り出した雨が止まず、売上げは昨日の半分ほどにも満たないで終った。

「さあ、明日は最終日だ。日曜日だから売れるぞ！　今日の分を取り返さなくっちゃ。みんな気合入れて頑張ってくれよ！」

と言う部長の空元気な声が、店内に空しく響き渡った。

翌朝、ミキがエレベーターから降りてくると、フロアの中ほどにある売場に、二人の見知らぬ人影が目に止まった。近付いてみると、一人は部長の直属の部下で、もう一人はミキと机を並べている同僚の女子社員だった。

「どうしたの？　順子、こんなところで……」

驚いたようにミキが尋ねると、

「あら、聞いてないの？　応援よ、応援。とうとう私も駆り出されたのよ。助っ人に」

「えっ、そうなの？　知らなかったわ。誰に？」

「誰にって、決まってるじゃない。この人の上司の部長さんよ」

と言って順子が隣にいるスーツ姿の若い男子社員の方を指差した。

「いつなの？」

「いつって、昨日の夕方の五時ごろよ。ほんとうに知らないの？　ミキ」

ミキはその同僚と話をしながら、なぜ部長が突然そんなことをしたのかを考えていた。確かに初日の遙か予想を越えた客足に、四人ほどの売場要員ではとても捌き切れないとは、誰しもが思ったことだった。もし、辞めていた社員や、アルバイトの手配がついていたら、もっと売上げは伸びたかもしれない。今日は最終日で、もう後がなかった。初日はかなりの売上げを確保してはいたものの、二日目は思わぬ雨に祟《たた》られて、売上を大幅に落としていた。今日一日でノルマを達成するためには、初日のさらに一・五倍の売上を確保しなければならない。売上げの取りこぼしを出さないために応援がほしいのは、部長ならずとも、ミキにしても同様の思いだったのだ。

「でも、順子、やったことあるの？　あなた、この仕事」

「あるわよ。私、店にいたことあるから」

「店に？」

「そう、一か月ほど。ミキが入る前は、皆そうだったのよ」

「そうなの」

「そうよ、任せといてよ。じゃなきゃ、私が呼ばれるわけがないじゃない。こう見えても、得意なのよ、私、この仕事」

隣で部長の部下の男子社員が、ニヤニヤしながら二人の会話を聞いていた。

部長が店長と真顔で何事か、ぶつぶつ呟きながら売場にやって来た。

「やあ、来てくれたか、ごくろうさん、ごくろうさん。これで役者は揃ったと。あとは売るだけだ。みんな、頼んだよ。今日が最終日だからね。泣いても笑っても今日一日限りだ、ハハハ。さあ、気合を入れて頑張っていこう！」

と部長がお相撲さんがやるように、両手で頬っぺたをぴしゃりと叩いた。

何やら隣りで店長が浮かない顔をしている。部長とまた何か揉《も》め事でもあったのだろうか。昨夜もまた飲みに行ったのかと、ミキが水を向けると、目玉商品が足りないのだと、店長が力なく言った。

「目玉商品?」

初日に売れ過ぎたためなのかとミキは思ったが、部長が昨日雨で売上げが伸びないので、こっそり目玉商品を運び上げたのだと言って嘆いた。店長自身はこの日曜日が最大の山場と考え、その分の目玉商品は確保しておくように、何度も部長に念を押して頼んでいたのだった。ミキには店長がなぜそれほどまでに目玉商品にこだわるのか、今いちその気持ちがわからない気がした。

「この物産展は三日間で終りになるけれど、うちの店自体はそれで終ってしまう訳ではないからね」

店長はダンボールの梱包を解くカッターナイフの刃を、頻《しき》りに出し入れしている。

「部長や君らは、本社に帰ってしまえばそれで済むかもしれないけど、おれはここのお客さんと今後もずっと顔を合わせていかなきゃならないんだよ。新聞のチラシで大々的に宣伝してるのに、そう簡単にお客の信頼を裏切る訳にはいかないんですよ、こっちは……」

物産展の期間中であれば、たとえ品切れになっても、翌日また仕入れをするという言い訳で、お客を納得させ、信頼をつなぎ止めることができる。そして最終日の閉店近くまでストックを引っ張れば、まだお客もしょうがないと言って諦めるのだと店長が言った。

「この在庫じゃ、たぶん開店して一時間も持たないだろう」

「じゃあ、昨日の売上げもほとんど利益が出ていないってこと?」

「今日も閉店間際になれば、在庫は叩いて売るから、たぶん利益は出ないと思うよ。いつもそうだよ、特売っていうのは。利益率がガタッと落ちるからね。ただ売れれば良いってもんでもないよ、この商売。それはあなたが一番御存じのことでしょう、経理なんだから」

店長にそう言われて、ミキは一瞬背筋に冷たいものが走るのを感じた。売ることばかりに夢中になっていて、利益のことまで頭が回らなかったのだ。そのことは、部長とて知らないはずはない。しかし、なぜか部長はこの二日間、目先の売上げばかりにこだわっていた。恐らく、そのことが社長の至上命令でもあったのだろう。なんとしてでも売上げのノルマを達成しろ！　そんな社長の怒鳴り声が耳元に聞こえてくるような気がした。

開店を告げるチャイムが店内に鳴り響いた。ミキは一瞬、身体中に緊張感が走るのを感じた。フロアの入口から、黒だかりの人の群れが、我れ先を争って雪崩《なだれ》込んできた。それと同時に、各売場の店長達の張りのある声や、女子店員の黄色い甲高い声が、一斉に店内に響き渡った。

ミキは自分の動きの感触から、初日と同じくらいの客足のように感じていた。しかし、助っ人が二人いることを思えば、その分だけお客は増えているのだろうか。どれほど大きな声を張り上げても、すぐ様、回りの喧騒に呑み込まれてしまった。

店長が心配したよりも早く、目玉商品は開店の三十分ほどですっかり売り尽くしてしまった。そして店長の恐れていた通り、店の周囲を取り囲んだ客からは、品切れになった目玉商品に対する矢のような催促と批難が飛んできたのだった。売場の全員がお客のクレームの対応に追われた。それでも暴徒と化したお客の群れは、売場を取り囲んだまま中々引き下がろうとしない。これでは売上げどころではない。見るに見かねた店長が苦肉の策として、類似の商品を目玉商品に代替えすることを部長に提案したのだった。ストックがどれくらいあるのか判然としない。

「ミキ君！　君い、悪いけど順ちゃんと一緒に大至急地下からこの商品運んできてくれないか」

ミキは順子と二人で、間髪入れずに台車を引いて業務用のエレベーターに乗り込んで行った。

「大丈夫なの？　あんなことして、部長……」

順子が怪訝《けげん》そうな顔付でミキを見つめた。ミキはそれには答えず、その商品の仕入値と売価の差を必死で頭の中で計算していた。当初の目玉商品よりは、その商品の方が幾分仕入値が高かったはずだった。けれど確証はなかった。もし、逆鞘《ぎゃくざや》にでもなっていたとしたら……。店長に聞けばわかることだったが、今はそんなことを考えている時ではない。売れば売るほど損失が広がっていく、それだけは確かなことだった。地下倉庫にその商品のストックがあまりないことをミキは祈った。しかし、ミキの願いに反して、その商品は倉庫の天井に届くかと思われるほど山積みにされていたのだった。

「なぜ……」

茫然とした面持ちで、ミキはその在庫の山を見上げた。

「これは、常設店舗でも扱っている商品よ。売れ残っても、他の店に回せると思って大量に仕入れたのよ、きっと」

と言って順子が溜息をついた。

一刻を争っていた。今は先のことを考えている余裕はない。とにかく、大至急この商品を売場に運ばなければ……。ミキは自分の厭な予感を打ち消すように、次々にダンボールを台車に載せていった。

「どんどん運んでくれたまえ」

部長一人だけが気を吐いている。その横で店長が恨めしそうな表情で、積み上げられていくダンボールの山を眺めていた。

三往復すると、売場の中がダンボール箱で埋まってしまい、誰も自分の持ち場から移動することもままならないようになっていた。しかしこの策が功を奏したのか、お客の流れは正午近くなっても途切れる様子を見せなかった。これでは誰も持ち場を離れることができず、食事交代にも行かれない。思わず部長がパートのおばちゃんに頼んで、食品売場から六人分の弁当を買ってきてもらった。

「みんな、すまん。この埋め合わせはきっとするから」

と言って部長が一人一人を見回しながら両手を合わせた。

売場で物を食べることは禁じられていた。売場の一番奥まったお客の目の届かない所にダンボール箱を置いて、一人一人順番にその上で弁当を食べた。食べながらも、お客の品物を持った腕が頭上に伸びてくる。うかうかと食事を取ってる暇《ひま》もない。口の中に食べ物を入れたまま、ミキはお客の対応に何度も腰を上げた。

お客の流れは一向に衰《おとろ》える気配を見せなかった。むしろ、どんどんと増えているようにも見える。今日はなにか特別な日だったのか、暫々ミキが頭を傾げるほど、その客足は異常なほどに思えた。夕方を迎える頃になって同僚の順子が、突然売場の中で倒れた。慌ててミキが駆け寄って行った。他の人はまだ誰もそのことに気付いている様子はない。

「どうしたの？　順子、大丈夫？」

「ゼンゼン大丈夫じゃあない、足が吊《つ》っただけ、ハハハ。だって一度も休暇くんないんだもん。私、部長に命まで預けたわけじゃないからね、ハハハ」

ミキは部長の所へ行って事情を説明した。

「おう、そうか、そうか、そうだったね、悪い、悪い。じゃ、三十分……、いや二十分ずつ交代で休暇に行ってくれないか。まあ、三十分でいいか、じゃ、頼んだよ」

と言うなり部長は再び自分の持ち場に戻っていった。

「え、三十分？　ま、いっか。でも、これって、昼休みの代わりじゃないよね。昼休み抜きなんだから、その分はしっかり残業に付けとくからね、私」

そう言い捨てて、順子はお客の波をかき分けながら、足を引き摺《ず》るようにして休暇室に向かって行った。

買物客のピークである夕方時を過ぎても、客足は減らなかった。陳列ケースの中にも、商品の空きスペースが目立ってきた。売れる品物と、売れない品物の区別がはっきりと選別されてきたのだった。もうこの時間帯では高級品を捌くのは困難と判断してか、地階にある常設店舗からも店頭に並べられていた商品を上げてきては、空きスペースを埋めていった。そして、閉店一時間前になるのを見計らって、部長から商品を叩き売りするようにとの指示が出されたのだった。ここで売れ残っても陳腐《ちんぷ》化してしまう商品を、原価割れしても捌いてしまうようにと、部長がうれしそうな顔ではっぱをかけた。品物の残りストックから見て、かなりの手応えをつかんでいる様子が、部長の笑顔の中に感じ取れた。

「売り値は各自の判断でかまわないよ……」

と言って各々が担当の商品を言い渡されたのだった。ミキも順子も売場の外に出て行き、品物を手にしながらお客の流れの中に割り込んでいった。

「いらっしゃい！　いらっしゃい！　さあ、どんどん負けちゃうよ、あるだけだよ！」

あと一時間……そう思うと、自然と再び体内にエネルギーが甦《よみがえ》ってくるのが感じられた。ミキも順子も最後の力を振り絞ってあらん限りの声を張り上げた。

値崩れが始まったと見るや、お客の方も目敏《めざと》くさらなる値引を交渉してくる。お互いの目の色を探り合いながらの駆け引きが繰り広げられた。お客の方も自分がほしいと思うものなら多少の値引でもすぐに飛び付いてきたが、大して必要性を感じていなければ、どんなに値引をしようとも、見向きもしないのだった。

閉店のアナウンスが告げられ、店内に「蛍の光」の音楽が流れても、まだ大半の客が残っており、中々立ち去ろうとはしなかった。完全に引けるまではレジを締めるわけにもいかない。ミキは部長に言われて、順子と一旦休暇室に向かった。

「あーもう、くたくた。死ぬかと思ったわ」

と、がらんとした休暇室で、順子が手前に引き寄せた椅子の上に、どっかと両足を投げ出した。

「いったかなあ、ノルマ……」

ミキはずっとそのことが頭から離れたかった。

「どうでもいいわよ、そんなこと。ノルマがいったからって、私達のお給料が上がるわけでもなし……」

このノルマの達成如何《いかん》に、一人の人間の首が掛かっているのだ。ミキの頭の中に、部長から聞かされた大学受験を間近に控えた娘の顔と、反抗期の息子の姿が、次第に鮮明に浮かび上がってきた。

暫くすると、慌ててパートのおばちゃんが階段の靴音を響かせながら降りてきた。

「早く上がってくるようにってさ、部長さんが……」

二人で重い足を引き摺りながら売場に上がっていくと「やあ、ごくろうさん」と言われて、部長から大入袋を手渡されたのだった。

「いったんですね？　部長、ノルマ……」

思わずミキは部長の目を覗き込んだ。部長はそれには答えず、ただ黙ってうんうんと頷き返した。

「おめでとうございます、部長、やりましたね、とうとう」

と言ってミキが差し出した手を、部長は黙って握り締めた。頻りに首を振りながら頷き返している部長の目に、薄っすらと光るものが見えた。

「おめでとう、店長」

「おめでとう、ミキちゃん」

「おめでとう、おばちゃん、良かったね」

口々に銘々《めいめい》がそれぞれに労《ねぎら》いの言葉を掛け合った。ミキは一人一人に握手を交わしていった。じわじわと喜びが込み上げてきた。ミキはちらっと店長の方を盗み見た。相変わらずしかめっ面を装いながらも、隠しようのない笑みが時折顔を覗かせるのがわかった。

「これで、やっと僕の首もつながったよ、ハハハ」

と言い掛けて、部長が堪え切れずに泣き出した。辺り構わず、おいおいと大粒の涙を流しながら、ぶ厚い札束を握り締めたまま泣き崩れた。順子は何事が起こったのかと、唖然とした表情でその様子を眺めた。

「ばっかみたい、大袈裟《おおげさ》ねえ……」

と順子がそっとミキの耳元で囁《ささや》いた。

ミキには部長の気持ちが痛いほどわかった。思わず頬を伝う涙を、そっとハンカチで拭った。

「あら、やだ、あんたも？　ミキ……」

それはミキにとっても、それほど辛く、苦しい、長い長い三日間だった。多分、一番複雑な思いをしているのは店長かもしれない、とミキは思った。一人店長だけが、その光景に背を向けたまま、肩を小刻みに震わせていた。何かを必死に堪えているように見えた。

パートのおばちゃんも部長の肩を何度も叩きながら涙を流していた。店長の後姿から嗚咽が漏れるのが聞こえてきた。思わずミキも部長の傍らにしゃがみ込んで泣いた。四人の気持ちが一つになっていた。何も語らなくても心が通じ合えた。同じ苦労を共にした者同志にしかわからない、それは至福の瞬間でもあった。

「やだーばっかみたい、どうしちゃったの、みんな……」

そう言いながらも、順子は両目から溢れる涙を手の甲で拭った。


翌朝、ミキは日曜日の代休も取らずに出社すると、すでに社長が来ており、早ばやミキが社長室に呼ばれた。

「ノルマ、達成したんだってねえ、君のお陰だって、部長が大層褒《ほ》めてたよ。フム。この調子でこれからも頑張ってくれたまえ」

それだけだった。顔の表情さえ崩《くず》さなかったものの、よほど嬉しかったのか、それまでの社長の雑言が耳にこびり付いているミキにとっては、思わず萎縮《いしゅく》してしまうほどの労いの言葉だった。

ミキは一礼して社長室を出て、その足で四階に向かった。

「そら来た。マドンナのお出ましだよ」

物産展の時よりもさらに一層晴れやかな笑顔が、部長の周囲にこぼれていた。一言挨拶を交わして五階へ戻ろうとするミキを引き止めて、部長は仕事の話だからと言いながら、ミキを応接室に連れて行った。数通の仕入れの請求書を手渡されたきり、部長の話はまた延々と物産展に戻っていった。ミキは気が気でなかった。自分の仕事がかなり溜まっていた。早く頭を切り替えて、仕事を片付けてしまわなければならない。いつまでも勝利の余《よ》韻《いん》に浸《ひた》っている余裕はなかった。

「あ、それと、ミキ君、最終日に言おうと思ったんだけど、打ち上げの話……今度、日を改めて言うから、頭に入れといてくれないか。ちょっとバタバタしてて言いそびれてしまったものだから……」

いいんですよ、そんなこと……と言い掛けて、ミキは慌てて口を噤《つぐ》んだ。

「わかりました、楽しみにしてますわ、部長」

そう言って、ミキは階段を駆け登って行った。

あれから一か月が経っていた。

ミキは帳尻《ちょうじり》の合わない資金繰表と睨めっこをしていた。どうもおかしい……どうしてなのかわからない、こんなはずがあるわけがない……。このままでは来月の資金繰りがショートしてしまうのだ。こんなことは今まで一度もなかったことだった。不景気で売上げが落ち込んでいるとはいえ、運転資金まで不足してしまうことは、かつてなかったことなのだ。今までも銀行から融資を受けることは何度もあったが、それは新たな店舗を出店するとか、備品を購入する場合の設備投資の資金に限られていた。たとえ、それが運転資金のレベルではあっても、資金繰りがショートする以上は銀行から借入れを起こさなければならない。さもなくば、何らかの支払いを延期するしかないのだ。

社長にこのことを何と説明すれば良いのだろう……。ミキは一人資金繰表と睨めっこをしながら、思案《しあん》に思案を重ねていた。自分の計算が間違っていないかと、もう何度も計算を繰り返しやり直しもしてみたが、ミキの計算が間違っているわけではなかった。考え方がおかしいわけでもなく、理屈の上では納得せざるを得ないのだった。それはごく単純な事実の積み重なりにすぎなかった。そのことを、ミキは頭の中では理解できでも、身体で納得させることがどうしてもできないでいた。

資金繰りのショートの最大の原因は、物産展の過大な仕入れにあった。その仕入代の支払期日は来月の末日に設定されていた。しかし、その物産展の売上金は、そのさらに翌々月にしか入ってこないのだった。

各店舗の売上金の回収システムはまちまちだったが、デパート等の大型店に出店しているケースでは、日々の売上回収金は一旦デパートに納められ、締日を跨《また》いでその売場の賃料を差し引かれた残金が、一括して各々の会社に送金されるシステムがほとんどだった。通常の精算は一か月後なのだが、今回のような物産展という特殊なケースでは、締日が変則的なため、売上金の送金が通常より遅れてしまうのだった。それに対して、仕入代の決済は、通常は五十日を支払期日にしていた。今回の物産展では、仕入値を大幅に下げる代わりに、支払いの決済を短縮してほしいと、業者に頼み込まれてやむなく三十日に変更していた。その売上げと仕入れの、収入と支出の、締日のわずかなギャップから資金繰りの穴が生じたのだった。

部長はこのことを知っているだろうか……。

仕入代の決済を短縮する時に、当然そのことは頭に入っていたはずだ。しかし、売上代金が通常の一か月と勘違いして、仕入代も一か月に短縮しても問題はないだろうと、単純に判断したにちがいない。たとえ資金繰りを組んでいるミキといえども、その業者との交渉の場にいたら、やはりそれと気が付かずに部長のように判断してしまったかもしれない。しかし、どんなに言い訳しようと、ミスはミスなのだ。

動かぬ数字を目の前に突きつけられて、ミキはその時初めて会社経営というものの恐しさを、如実《にょじつ》に感じたのだった。社長の怒りが目に見えるような気がした。そして、その顔に、ふと屈託《くったく》のない部長の笑顔が重なった。

翌日、ミキは意を決して社長室のドアをノックした。

ミキは黙って社長の前に資金繰表を差し出した。社長は資金繰表の一番右端の翌月繰越額が大幅に赤字になっているのに直ぐさま目を止めて、不意に顔を上げてミキを見たが、ミキが何も説明しようとしないのを察して、改めて左から右へと嘗《な》めるように資金繰表を見つめていった。

「部長を呼べ！」

ほとんど一分も経たないうちに、社長が押し殺した声で言った。

ミキは下へは降りては行かず、内線電話で部長を呼び出した。いつもと変わらないにこやかな表情で冗談を言いながら、部長が社長室に入って行った。と、その直後、締めたドアが再び開いてしまうのではないかと思われるほどの剣幕《けんまく》で怒鳴る社長の声が聞こえてきた。また始まったかといったうんざりした表情で、向いの順子が両手で耳を塞いだ。

ミキは社長室の方にじっと耳を傾けていた。けれども聞こえてくるのは社長の機関銃のような罵声だけだった。とうとう一言も部長の弁解の言葉を聞かれることはなかった。たとえどんなに弁解したとしても、決して受け入れてはもらえないだろうことを、すでに部長はその時悟っていたのだろう、とミキは思った。

社長室から出て来た時、意外とさばさばとした表情で、口元に微笑さえ浮かべている部長の顔を見て、むしろ驚いたのはミキの方だった。

「いやあ、また怒られちゃったよ、ハハハ」

しかし、その笑いの奥にどんな無念さが隠されているのか、その時のミキには推し量ることはできなかった。

次の日から、ぷっつりと部長は会社に出て来なくなった。社内ではそのことが暫し持ち切りになった。社長の逆鱗《げきりん》に触れて首を切られたのだというのが、大方の見方だった。けれど、その原因は何なのか、ということになると、誰も首をひねるばかりで、その首の原因を知るものはいなかった。ミキはその噂の輪の中には加わらなかった。

そして、それからさらに一か月ほど経った頃、ひょいと部長が会社に顔を出したのだった。相変わらずにこやかな笑みを絶やすことはなかったが、その笑顔の中にはもはやかつての部長の面影はなく、どこかぎこちなかった。

部長は黙って社長室に入って行き、数分と経たないうちに出てきた。その間、社長室からは何の話し声も漏れてくることはなかった。もうミキはその部屋の様子から、部長が何のために会社を訪れたのか、その意味を悟っていた。社長室からの帰り掛け、部長はミキに下に降りてくるように、目で無言の合図を送ってきた。

「いやあ、君にもずい分お世話になったね」

そう言いながら、部長はハンカチで額の汗を拭った。

退職のための手続きのためにやって来たのだと、部長がミキに説明したのだった。

「楽しかったよ、あの時は……いい夢見させてもらったし、ほんの束の間に過ぎなかったけどね、ハハハ。でも、いい思い出もできたし、いやあ、ほんと」

一人で喋り続ける部長に、ただ黙って頷き返しながらも、何と返事を返したものか、ミキは言葉を探しあぐねていた。

「さあてと、それではそろそろ失礼させてもらおうかな」

と言って部長が腰を上げた。

「あ、そうそう、君との約束、果たせなくてすまなかったね」

「え？　約束？……」

「打ち上げだよ、打ち上げ、物産展の時の。約束したばかりだろう、もう忘れたのかい」

そうそう、そんなこともあった。まだわずか二か月前のことなのだ。けれど、ミキにはその時の出来事が、もう遙か何年も前のことのように思われた。

「でも、まだ終ったわけじゃないですから。また今度、飲みに行きましょうよ、部長」

ミキはそう言いながらも、なんでそんなことを言ってしまったのか、自分の言葉に気恥ずかしさすら感じた。まだ終ったわけじゃない？……いや、もうすべてが終ってしまったのだ。

「今度か……でも、もう、僕は部長じゃないから……」

そう言い残して、部長は会社を後にした。力なく肩を落とした背中を見送りながら、ミキはもう二度とこの部長にも会うことはないだろう、と心の中で考えていた。

それから間もなくして、店長から電話が掛かってきたのは、部長が去って半月ほど経った頃だった。

「よお、元気かい？」

相変わらず威勢のいい声が、受話器の奥で響き渡った。

「あら、まだいたの？　全然連絡がないから、もう、てっきり辞めちゃったのかと思ってたわ」

「おい、おい」

物産展が終ってすぐに、その店長もまた売上げの責任を取らされて、今の規模の半分ほどの地方の店舗に左遷されていたのだった。

なぜ、店長まで責任を取らされなければならないのか、ミキにはその訳がわからなかった。物産展の仕入業者の選定は社長の決定だったが、具体的な商品の種類や数量については部長や店長が決めており、細かな情報までは社長に伝えられてはいなかったのだった。売上げのノルマ自体は達成したものの、大幅な値引で利益率は前年度よりもかなり下回っていた。おまけに、その売上げのほとんどは通常店舗の取扱い商品で占められており、大量に仕入れした高級品の昆布等の大半が売れ残っていて、まだデパートの倉庫に山積みのままになっていた。業者を選定して商品を特定した責任は社長にもあるのだろうが、単に資金繰り上の問題に留まらず、具体的な仕入れ数量の見積上の誤りも、部長は追求されたのだった。当然その売れ残った商品は、他の店で捌かなければならない。しかし、このT市のデパートほどの規模を持つ、高級品を捌き切れると思われる店はどこにもなかった。

仕入れの責任は、店長の責任でもあった。入社から八年間勤めたその店を、店長は黙って去って行かざるを得なかった。まだ幼い乳飲み子を抱える家族をその地に残して、単身赴任で店長は新たな赴任地に旅立って行ったのだった。

「それより、今度、こっちで物産展やるんだけど、また来てくれないかなあ……」

「えっ、またあ？」

「うそ、うそ、冗談だよ」

店長の豪快《ごうかい》な笑い声が電話口で鳴り響いた。

電話の用件は仕事の話ではなかった。赴任地での売上げの悪さに加えて、まだ赤子の世話にも慣れない妻に何度も電話口で泣かれるのだと言って、店長が溜息をついたのだった。

「辞めるつもりだよ……」

と、ぽつりと店長が呟いた。

「帰れる当てないしね。一度、あの社長に睨まれて這《は》い上がった人間、一人もいないからね」

「そう、残念ね……」

ミキはあえて引き留めなかった。

「ほんとうは辞めたくないんだけど、この会社。もう八年もいて、結構、愛着あるしね。それに、おれ、この仕事好きだから」

ミキの頭の中に、まざまざと物産展の時の光景が甦ってきていた。この店長とはたった三日間の付き合いでしかなかった。けれどもその店長の外連味《けれんみ》のない喋り口に、その時ミキは無限の懐かしみを感じたのだった。

「けど、ほら、いくら仕事だからったって、家族まで見殺しにするわけにはいかないでしょう」

そう言って店長は電話を切った。

長い冬が間近に迫っていた。

町が木枯らしが吹き荒れ、ミキはコートの襟《えり》を立てて会社に通った。その時すでにミキは新聞の求人募集に何通か応募しており、そのうちの数社から手応えを得ていた。それからさらに数か月後、冬が通り過ぎるのを待って、ミキは会社に辞表を提出したのだった。

9

母親のごほごほと咳き込む声が聞こえていた。

母親が寝ている部屋は、ミキの部屋と襖一枚で隔てられていた。この襖はまだミキが子供の頃、いたずら書をしたり、兄と喧嘩をして穴を開けたりして、もう何度も張り替えられていた。高校の時に張り替えたのが最後で、あれから何年も経つというのに大して色褪せもせず、替えた時の新鮮さを保ち続けていた。ミキがわざわざT市まで出掛けて行って物色してきたもので、どこかの海岸の砂浜の風景というごくありふれた図柄にもかかわらず、すべてのタッチが中間色で描かれており、ミキはこのデザインが気に入っていたのだった。張り替えの時母親に手伝ってもらったのだが、紙の丸みに空気が入って中々取れず、取手の所にわずかな皺ができてしまった。それが口惜しくて、思わず押さえ方が悪いと母親に文句を言うと、母親はむっとしたまま何も言わなかった。その皺が今でも残っていた。ミキはその部分にそっと指先で触れながら、その日のことを思い出していた。

毎日が緊張の連続だった。中学時代の仲間の大半が進学して行ったT市の高校にも行かれず、義理の父親に陵辱《りょうじょく》された傷も未だ癒《い》えないまま、病弱な母親と、発狂した兄の面倒まで見なければならない環境の中で、やるせない気持ちを何に打《ぶ》つけていいのかわからなかった。どんなに堪えようとしても、ふつふつと湧き上がってくる苛立ちと、訳もない怒りを、どこに仕舞い込んでいいのかわからなかった。

学校でひたすら仮面を被り、取り繕う笑顔にもすでに激しい消耗を感じるようになっていた。家に帰ってくると、ぐったりとして何もする気になれなかった。突然襲ってくる疲労感の中にも、至る処に張り巡らされた鋭敏な神経は、中々静まることがなかった。そんな心身のアンバランスの状態の中で、不意に湧き起こる怒りを、ミキは見境もなく母親にぶつけたのだった。けれど、どんなに理不尽な行動を取ろうと、それに対して母親は一切言葉を返してくることはなかった。中学生の時のあの忌《い》まわしい出来事以来、母親はすっかり別人になってしまっていた。まるで魂の抜け殻のように、ただ毎日の生を淡々と消化しているようにしか見えなかった。母親にとっての人生は、もうあの時で終ってしまっていたのだと、ミキはそんな母親の姿を見ながら思ったものだった。

母親は、ミキの実の父親とは見合い結婚だった。母親は地元ではかなり裕福な地主の娘だった。その当時ではまだ金持ちの子女しか行かれないような女学校にも行って、何不自由なく育てられた。母親はほとんど自分の素性のことは話したがらなかったが、一度、ミキが物心つく頃、縁側で母親に膝枕をしてもらっていたミキは、まるで一人言でも言うような母の自分の身の上話を聞いたことがあった。膝の上から逆様に映る母親の、物憂い夢見るような表情を、ミキは今でも覚えていた。

ミキは父親が好きだった。兄が狂ってこの家を出て行くまでは、酒も煙草もやらず、誰に対しても優しかった。やはり父親も母親と同じように、母親の遠縁に当たる旧家の次男坊だった。お互いに名前も知らず、顔もわからず、一度も会ったこともなく、親同志が決めた結婚だった。写真一枚が、お互いの最初の出会いだった。当時では、そういう結婚は珍らしくはなかったのだろう。母親もその時は、そのことに対して何の疑問も感じなかったのだと言う。結婚してわずか数か月後に、父親が召集されて行った。それもまた、当時のありふれた光景だった。戦争が終り、父親が復員してきてから、兄とミキが生まれた。

復員してきた当初は、まだ軍隊生活の習慣が残っていたせいか、母親は父に何度か殴られたという。その度に母は子供を残したまま実家に帰ってしまい、まだ幼い二人の子供の世話に手を焼きかけた頃、父親が二人の子供の手を引いて実家を訪れ、母に手を付いて謝ったのだった。

父親は工作機械を製造している町工場で働いていた。工場の帰り掛けと、家に着いてからの二回ほど石鹸で念入りに手を洗うのだが、機械油にまみれた手の汚れは中々落ちなかった。父親の側《そば》にいると、いつもその石鹸の香りがぷうんと匂った。その父親の匂いがミキは好きだった。酒も煙草もやらない代わりに、父は無類の甘い物好きだった。夕食後、デザートの代わりに、一切れの羊羹《ようかん》を食べるのを父親は唯一の楽しみにしていた。相好を崩して、実に美味しそうにその羊羹を頬張りながら、父は母親にその日一日の出来事を話した。父の楽しそうに語る様子を眺めながら、母もまた満面に微笑を湛えて頷き返した。

二人の側でごろごろと寝転がりながら、ミキはその会話を聞くともなく聞いていた。その頃、兄はまだ自分の部屋で、黙々と勉強に励んでいた。この光景がいつまでも無限に続くものだと、ミキはその時信じて疑わなかった。

「お母さんはねえ、実は好きな人がいたの……」

母が縁側に降り注ぐ陽だまりの中に、ぼんやりとした視線を漂わせていた。あふれるばかりの春の陽差しの中で、庭に咲いた大きな赤いダリヤの花が揺れていた。

「まだ、お父さんと結婚する前のことよ」

ミキは母親の膝枕の上で、母親の顔と、その視線の行き先とを交互に追いかけていた。

「まだ、お母さんがね、学生さんだった頃の話……」

下から眺めているので、母の顔がどんな表情をしているのかつかめなかった。ミキは母親が話していることに関心がなかった。ただ柔らかい母の膝枕と、春の淡い陽差しが心地良かった。

「相手の人は、近所の学生さんだったの」

母の視線は、庭に咲いた色取り取りの花の方を向いていた。母はその庭先をぼんやりと眺めていた。けれど、その表情は虚ろで、瞳《ひとみ》の奥には何も捕えてはいないようにも見えた。

「その学生さん、いつの間にか、東京の大学に行ってしまったの」

フフッと母の口元が緩《ゆる》んで、かすかに笑ったように見えた。母親の手がゆっくりとミキの髪の毛をすくうように撫《な》でていた。

「朝、学校に行く時、いつもすれ違うのだけれど、一度も口を聞いたことないの、その学生さんと」

ほかほかとした陽気にうとうとして、そのままミキは母の膝の上で眠ってしまった。薄れゆく意識の中で、優しい母親の声だけが心地良く耳元に響いていた。

「一度も口を聞いたことがないまま、とうとう別れてしまったの……」

襖の奥から母親のごほごほと咳き込む声が聞こえていた。

母は幸《しあわ》せだったのだろうか……ふと、ミキは思った。好きでもない男と見合いをさせられて、戦火の中にいる夫の身を案じ、子供を生み育て、家事に追われて年老いていく人生に、母はどんな夢と希望を見出していたのだろう。

一度、たった一度だけ、母は狂った……。

家も、財産も、実の娘を捨ててまで、男の元に走って行った。「おまえも、大人になったらわかる……」と、呻吟《しんぎん》しながら呟いた母の言葉が、今でもミキの耳の奥に焼き付いていた。

その一瞬が、母の人生のすべてだったのかもしれない……。男の腕の中で、その人生のすべてを燃やし尽くしたのかもしれない、女としての一生を。

母はほんとうに幸福《しあわせ》だったのだろうか……。

その時、母が手に入れることのできた幸福とは、いったい何だったのだろう。その一瞬の代償に失なったものは、あまりにも大きかったのではないだろうか。失なって余りある代償を払ってまで得ようとしたものは何だったのだろう。

子供の頃、ミキは父と母が喧嘩をする姿を見たことがなかった。いつも仕事の話をにこやかな微笑を絶やすことなく聞いてくれる母に、父は無限の信頼を置き、子供のように甘えているようにも見えた。けれど、ほんとうに、それが母の素顔だったのだろうか。

母親はまだミキが幼い頃から、裁縫の内職をしていた。家計の足しにするということではなく、軽い趣味程度のつもりで始めたのが、近所の評判を呼び、次々と依頼が舞い込んでくるようになったのだった。ミキは今でもその母の内職をする後姿だけが、妙にありありと頭の中に残っていた。まだ学校に上がる前、近所の友達と遊んで家に帰って襖を開けると、母はいつも縁側に座って一心不乱に針を動かしていた。ミキが話し掛けても、母は、今忙しいからと言った切り、ミキが何度声を掛けても黙ったまま手を動かし続けていた。

母はほんとうに父を愛していたのだろうか……。

ミキにはその時、父親とにこやかに談笑する母の姿と、内職する時の別人のような母親を、どう結び付けて良いのかわからなかった。けれど、兄が学校に上がるようになると、それまでの内職をぴたっと止めてしまい、ほとんど付きっ切りで兄の勉強の面倒を見るようになったのだった。学校では兄は常に他に抜きんでた成績を修め、学校創立以来の神童と持て囃《はや》された。

そんな母の愛情を一心に受ける兄が、ミキは羨《うらや》ましかった。ミキも学校では兄と同様常にトップの成績だったが、どんなに点数の良いテスト用紙を家に持ち帰っても、母はあまり喜ばなかった。何度か母親に勉強を教えてもらおうと、駄々《だだ》っ子のようにねだったこともあったが、ちらっと教科書を横目で見ただけで、それくらいわかるでしょう、ミキちゃん頭良いんだから、と一蹴されてしまったのだった。

どんなにか、母は兄の成長を楽しみにしていたことだろう。今、ミキにはそれが痛いほどわかるような気がした。けれど、兄はまだ小学生という若さで発狂してしまった。優しかった父親も別人のように豹変《ひょうへん》し、毎日酒に溺れ、妻やミキにも暴力を振るった。突然の嵐のように襲ってきた過酷《かこく》な運命に、母は何を思ったことだろう。父親の理不尽な打擲《ちょうちゃく》に、海老のように身を丸めて、黙って耐え続ける母親の脳裏に去来したものが何なのかは、ミキには知る由もなかった。しかし、それがどんなに非情な運命に見えようと、その時はまだ耐える意味を見出すことができたかもしれない。残酷《ざんこく》な運命を呪《のろ》い、父親の非を責めながらも、まだそのことを許すことの万能性が残されていた、まだ自分に対する信頼が。

母がこの地獄のような生活に救いを求めて男の腕の中に飛び込んで行ったことは、決して責められるべきことではないかもしれない。しかし、その代償として差し出したものは、母親にとって自分自身を許し得る、遙かにその許容量を越えたものだったのだ。

あの瞬間から、ミキは闘い続けてきた。十数年間、毎日が苦闘の連続だった。母にとってもまたそうだったのかもしれない。己《おのれ》との休まることのない闘いの日々だったことだろう。ミキには、まだ若さがあった。苦闘の末に勝ち取ることのできるものがあった。自由が、明日に羽搏く夢が……。

今の母に何があるだろう……。

ただ老いさらばいて、朽ち果てていく未来しかなかった。唯一の希望だった息子が狂い、夫が家を出て行った。男に裏切られ、全財産を失ない、長年住み慣れたこの家も人手に渡ろうとしている。そして、最後に残された唯一の家族である娘もまた、今、この家を去ろうとしていた。母親に残されたものは何もなかった。

夢も希望も、明日を生き抜く若さもなかった。語り合う伴侶も、未来を託すことができる子供もいなかった。これから向き合わなければならない、母親の行く手に待っているものは、疎《うと》まれ、迷惑そうな目で見る、かつての兄弟の視線と、誰も知る人もいない病院の冷たいベッドだけだった。すべてを失ない、未来も希望も尽き果てた末に、母親に最後に残されたものは、実の娘を裏切ったという重い十字架だけだった。

ミキはそっと襖を開けた。

その瞬間、ミキの目に、母親が口に座布団を押し当てて咳き込んでいる姿が飛び込んできた。ミキが化粧をしている間も、母親の咳き込む声は聞こえていた。けれど、それほど大きな声ではなかったので、ミキはそれほど気に止めてはいなかったのだった。元々母親には心臓病の持病の他に喘息《ぜんそく》の気《け》もあったのだが、寝込む前までは、それほど日常生活に差し障りがあるということはなかった。それが、年を取り身体が弱ってくるにつれて、次第に咳き込む回数も増えてゆき、今では咳止めの薬が手離せないほどになっていたのだった。でも、今までは薬を飲んで安静にしていれば、咳は徐々に治まっていった。こんなに激しく咳き込む母親の姿は、今までミキも見たことがないような気がした。

ミキは一瞬、なぜか母親に近付くのが躊躇われた。敷居の上に佇《たたず》みながら、暫し茫然とそんな母の様子を眺めていたのだった。母親は、蒲団の上に正座をしをしたまま、上体だけ突っ伏して、座布団で顔全体を覆うように両手で強く押し当てていた。蒲団の上掛けがすっかり剥《は》がれ、寝巻き姿の母親の背中が、咳き込む度に激しく上下に揺れ動いた。

なぜ、母は座布団を口に押し当てているのだろう……。ただ単に咳を止めるためか、それとも、ミキの旅立ちの直前に、要らぬ気遣いをかけないためなのだろうか。

「お母さん、大丈夫?……」

堪え切れずに、ミキは母の枕元に駆け寄って、背中をさすった。

枕カバーが濡れてぐしょぐしょになっている。多分、最初のうちは、この枕に顔を埋めて咳を堪えようとしたのだろう。その時、ミキは母親の枕元に小さな真新らしい目覚まし時計が置いてあるのに気が付いた。昨日まではなかったものだった。昔、ミキが故障してしまった目覚まし時計の代わりに、母に買ってプレゼントしたものだった。その後、父親が故障した時計を修理してしまい、その目覚まし時計は一度も使われることがなかった。

そんなことがあったことすら、ミキの記憶の中からすっかり消えてしまっていた。娘の旅立つ最後の時を、その時計を見ながら、母はじっと数えていたのだろうか。そして消えゆく時を見つめながら、母は何を思ったことだろう。

「は、はやく、お行き……」

母親が口に押し当てた座布団の隙間から、絞《しぼ》り出すような声で言った。

「私のことはいいから……」

ミキが必死で背中をさすっても、咳は中々治まらなかった。

ミキはふと、自分の腕時計を見た。そろそろ行かないと間に合わなくなる……。そしてなに気なしに枕元の目覚まし時計に目をやると、時刻が五分ほど進んでいる。ミキが小学校の頃、遠足や、臨海学校で早めに起きて支度をしなければならない時など、母は決まって目覚まし時計をいつもより五分ほど進ませてセットした。なんでそんなことをするのか、ミキにはわからなかった。そのことを母親に尋ねても、いつも母はそれでいいのよ、と笑って言いながら取り合わなかった。

「さあ、はやく、はやく行かないと……」

「お母さん……」

今の母にとってもまた、どこか遠くへ旅行に行く娘を見送るような気持ちでしかないのだろうか。バッグの中には、もう二度と戻って来ることのない片道切符しか入ってはいないのだ。

間近で見る母親の姿はすっかり老け込んでいた。そのことに、ミキは今さらながら驚きを隠し切れなかった。今まで何度も間近で母親と会話を交わしてきた。しかし、ミキは母親の顔を見てはいなかった。母親の声を聞いてはいなかった。ミキは自分のことで頭が一杯だった。失なわれた青春を取り戻すことに、一度は諦めた夢を再び叶《かな》えるために、がむしゃらに前に進むことだけで精一杯だった。時間はいくらあっても足りなかった。努力はいくらしても足りるということはなかった。普通の人が普通に歩んで行った道を、ミキは歩むことができなかった。ミキの前には、過酷な宿命が立ちはだかっていた。その幾多の試練を乗り越え、自らの手で自らの運命を切り開いていくためには、他人のことなど構っている暇などなかったのだ

今まで精一杯やって来たと、ミキは考えていた。兄の面倒も、母の世話も見てきた。できる限りのことはやってきたのだと、そう今まで自分に言い聞かせてきた。それは母もわかってくれていることなのだと。子供が大きくなって、やがて親元から巣立って行くのは

ごく自然のことだろう。そして、それがどんなに辛く悲しいことであろうと、それを見送るのもまた親の勤めなのだと。

けれど、今、母は年老い、老いさらばえて、病に倒れ、立ち上がる気力もなく、病床に伏せったまま激しい喘息に苦しんでいた。母のその真の苦しみの原因が何なのか、ミキは知っていた。いや、見ようとしなかっただけなのかもしれない。自分だけを見ることで、それは必然的に消えていった。ミキはそのこと初めて気が付いた。

私は母親に裏切られた……そうミキは今まで思ってきた。それは忘れようとしても忘れることのできない事実だった。どんなに日常生活の中に忙殺《ぼうさつ》され、表面上の意識には登ってこなくとも、いつの間にか無意識の奥から鎌首《かまくび》をもたげてくる記憶の影を、根絶やしにすることはできなかった。ミキはそのことを母親の前で話題にしたことは一度もなかった。責める言葉も、恨みの言葉も、怒りの、憎しみのどんな言葉も投げ掛けたことはなかった。それらの憎しみのすべてを、ミキは母を騙し、自分を陵辱した男の方にぶつけた。だからといって、それが母に対する恨みのない証《あかし》にはならなかった。激しい葛藤の末にミキに最後に残されたものは、たった一つの言葉だった。ぽっかりと開いた心の空白に、ただ母親に裏切られたという思いだけが残された。しかし、それはもはやどんな感情も伴なってはいなかった。ただその事実だけが、ミキの頭に消し去り難い思いとして残ったのだった。たとえ、母がどのような状況になろうと、私はこの歩みを止めるわけにはいかない。それは最初から覚悟の上のことだった。考え抜いて、血を吐く思いで出した結論だった。何があろうと、何が起ころうと、どんな状況が待ち構えていようと、今さら変更することはできない。それが母親の報《むく》いでもあるのだから、実の娘を裏切ったという……。

「じゃあ、そろそろ行くから、私」

「ああ……」

母親は顔を座布団に埋めたまま、何度も頷き返した。いつの間にか白髪がこんなにも増えている……まだそんなに老け込む年ではないのに。さすっている背中も、ごつごつとして骨と皮だけになっている。母は精一杯の力を振り絞って、正座をしたまま上体を起こしてミキの方を振り向いた。

「たっしゃで……がんばるんだよ」

そう言った切り、再び突っ伏して激しく咳き込んだ。

「お母さんも元気で、身体を気を付けてね」

母はわかっているのではないだろうか……ひょっとしたら、これが娘との最後の別れになることを……。ミキはそっと掛け蒲団を母親の背中に掛けて立ち上がった。

もう駄目かもしれない、とミキは寝室の襖に手を掛けながら思った。しかし、ミキはもう振り返らなかった。後で母が手を振っている気配が感じられた。ミキはゆっくりと襖を閉めていった。母は出口までミキを見送りたかったにちがいない。

ミキは振り返らずに、早足で一気に台所のところまで歩いて行った。けれど、台所の戸を閉めようとする瞬間、堪え切れずに、無意識のうちに顔が後を振り返っていた。

寝室の襖が開いていた。母が這ってきて開けたのだ。畳の上に這いつくばったまま、襖のわずかな隙間から顔を覗かせて、必死に手を振っていた。

台所の戸を開け放ったまま、ミキは外に出た。そして、ゆっくりと玄関の扉を閉めていった。

「さよなら、お母さん……」

ミキは心の中で、そう呟いた。

数分間、ミキはそのままの姿勢で、ドアに背を凭《もた》せ掛けながら、暫くの間立たずんでいた。ひんやりとした夜風が、火照った頬を撫でて通り過ぎていった。ミキの頭の中に、かつての様々な思い出が、走馬灯のように甦ってきた。これですべてが終りになる……そう思いながらドアから離れようとした瞬間、奥からなにやら母親の声が聞こえてきた。何を言ってるのだろう。

「ミキー！」

かすかに自分の名前を呼ぶ声が聞こえてきた。それは、ミキを呼び戻そうとしている声ではあるまい……。続いて何度か、ミキの名前を呼ぶ声が、わずかな間隔を置いて聞こえてきた。もうすでに家を後にして、二度と会うことのできない娘を思って叫んでいるのだろうか……。

「私を、一人にしないでおくれ」

ばかな……ミキは一瞬耳を疑った。そして扉に耳を近付けた。

…………

暫くの間沈黙があった。

「戻ってきておくれ！　私を一人にしないでー！」

そんなばかな……。ミキは一瞬頭がくらくらとしてドアを離れた。まだ買ったばかりの高めのハイヒールで歩き慣れていないせいか、一瞬よろめいて地面に崩れるように倒れた。

そんなことは、すべて覚悟の上ではないか……。ミキは聞いてはいけないものを聞いたような気がして、目の前が暗くなるのを感じた。ミキはもうかなり前から、母親には自分の計画を話し、それに対する励ましや応援の言葉ももらっていた。それは、別れは悲しいこともかもしれない。この先、満足な知り合いもいない見ず知らずの土地で生きていくことは、母親にとっては辛いことかもしれない。それはミキにも十分わかっていた。たとえ、今別れなくとも、結婚でもすれば、いつかは別れなければならない時がくる。それが親子の宿命ではないだろうか、そうミキは思っていた。そして、それは母も納得してくれているることなのだと。今までミキはそのことで母親から何らの愚痴《ぐち》や批難めいたことを言われたことはなかった。

その言葉は直接ミキ自身に言ったものではなかった。すでにミキはこの家にはいないのだ。単なる母親の心情の暴露にすぎない。それはわかっていた。でも偶然とはいえ、ミキはそれを聞いてしまった。今まで一度も言われたことのなかった言葉を。否応なしに、それはミキの胸に矢のように突き刺さってきた。

今さら、そんなことを言われたって遅い……。

腹がいつの間にか激しく波打っていた。辺りはすでに漆黒の闇に包まれていた。ミキは倒れたまま地面に両手を突いて、荒い呼吸を整えようとした。胃の奥底から、ふつふつと湧き上がってくるものがあった。何だろう……それは今まで一度も感じたことのない何かだった。ミキは待った。そして、それは堰《せき》を切ったように一気に全身を満たしていった。怒り……それは、今まで味わったことのないような激しい怒りだった。誰に？　ミキの中にあの男の顔が浮かんだ。いや、違う……あの男ではない……では、誰？……そしてミキの頭の中に、くっきりと一つの映像が浮かび上がっていったのだった。

「お母さん？　まさか……」

ミキは唖然とした。確かに母は自分を裏切った。でも、それはもう済んだことだ。そのことで母親を恨んだことは一度もなかった。それは仕方のないことだったのだ、そう、ミキは思ってきた。母親はミキに何も要求してこなかった。ミキもまた母を責めなかった。母親の裏切り……そのことに、なぜ感情が伴なわないのか、ミキにはわからなかった。不思議には思っても、深く追求してみることもなかった。何度も考え、考え抜いた末に、ミキは一つの結論に辿り着いた。この家を出て行くこと……。それで良いのだとミキは思った。たとえ、それが、母を捨てることになろうと。なぜなら、母もまた私を捨てたのだから。それを責める資格は、母にはないのだと。ミキはそう頭の中で考えて、自分の一切の感情にけりをつけたのだった。

私は、決して母を憎みはしない。憎んだって仕方がない。今さら憎んだからって何かが変わるわけでもないのだ。そうミキは思っていた。その代わり、私の取るどんな行動にも、口出しはさせまいと。

ミキはゆっくりと立ち上がって、スカートに付いた汚れを払い、駅に向かって歩き始めた。その時、ふとミキの頭の中に、今まで一度も思い出したこともない記憶が浮かび上がってきた。

昔、たった一度だけ、ミキは母親に向かって、激しい怒りをぶつけたことがあった。兄が狂い、父親が酒に溺れ、毎日が修羅場《しゅらば》と化し、とうとう父親も家を出て行った直後のことだった。

「お母さんが悪い……」

ふと、ミキの口から自分でも思いもしなかった言葉が、口を突いて出たのだった。それまで、ただ理不尽に酒に酔った父親に打擲される母を、ミキは必死で庇《かば》い続けてきたのだ。

「みんな、お母さんが悪いんだ、こんなになったのも、みんなお母さんのせいなんだ」

ミキの中に、押し留めようもない怒りが込み上げていた。自分が何を言っているのかわからなかった。怒りを、支離滅裂《しりめつれつ》な言葉に託して吐き捨てても、怒りは後から後から押し寄せてきた。母は何も言わなかった。一言も返答を返すこともなく、テーブルの前で、ただ放心したようにぽつんと座っていた。

兄が狂ったことよりも、父親が出て行ったことよりも、その時のミキには、それよりもさらに以前の光景が見えていた。まだ小学生だった頃、ミキはこの家でいつも一人ぽっちなのを感じていた。学校から帰って来ても、常に母の内職をする背中しか見えなかった。勉強をねだっても、兄の方ばかり見て、自分の方は全然構ってくれなかった。寂しさをまぎらすために、ミキは自然と快活に振る舞うようになっていった。そして、いつの間にか、家にいるよりも友達の家にいる方が多くなっていた。家に帰って来ても、兄と楽しそうに話す母を横目に、ミキは黙って自分の部屋に引き籠っていった。

なぜ、もっと私を見てくれないの！

なぜ、もっと私の話を聞いてくれないの！

ミキはその時、自分が母親にどんな言葉を投げつけたのか、良く覚えてはいなかった。ミキがあらん限りの声を張り上げて母親を罵《ののし》り、罵詈雑言を浴びせかけて、やがてその言葉も尽き果てて、ただ嗚咽に噎《むせ》ぶだけになった頃を見計らって、母親はそっと家を抜け出した。母親の出て行った後も、暫くの間ミキは一人で泣いていたが、一時間経っても二時間経っても、母親は戻って来なかった。さすがに心配になって、ミキは家を飛び出して行った。無我夢中で辺り構わず駆け摺り回っても、母親の姿を見つけることはできなかった。歩き疲れて、ミキは大川に出た。土手伝いをとぼとぼと歩いて行くと、遠く橋の所に人影が見えた。ふと足を止めて、息を殺して様子を窺《うかが》っていると、その影はいつまでも動く気配がない。ミキはそれが母親であると直感して、思わず走り出していた。母は橋の欄干に頬杖を突いて、ぼんやりと川の流れを眺めていた。ミキは足音を殺すようにして母親に近付いて行った。

母もまた一人ぼっちだったのだ……駅に向かいながら、ふとミキは思った。

ミキはある日突然、母親に対する呼び方を考えたことがあった。

「お母さん」

学校から帰ってミキがそう声を掛けると、母親は内職の手を止めて、驚いたように後を振り向いた。それまでミキは母親を、おかあちゃん、と呼んでいたのだ。

「だって、ミキ、もう大人だもん」

学校の帰り道、土手伝いを歩きながら、そうミキは心に決めていたのだった。その時、なぜそんな決心をしたのか、ミキ自身にも良くわかってはいなかった。

「もう、ミキ、子供じゃないから……」

母親は、そう、えらいわねえ、と言った切り、また内職に戻っていった。その言葉で、母に対する甘えを絶ち切ろうとしたのかもしれない……ミキはその時の自分の気持ちが、今わかるような気がした。

怒りは続いていた……。

ミキはその時以来、母親に怒りをぶつけたような記憶はほとんどなかった。一歩踏み出す度に、怒りが全身から振り落ちるような気がした。なぜ、今頃になってそんなにも激しい怒りが襲ってきたのか、ミキにもわからなかった。母の気持ちは痛いほどわかるような気がした。けれど、長い間それを見ないようにしてきたのかもしれない。それが一気に吹き出してきたのだろうか。長年の間蓄積された膿《うみ》が、もはや制する力も失なって、後から後から押しとどめようもなく溢れ出してきたのだった。怒りの中で、ミキは静かにその奔流を見つめていた。

お互いに触れないようにしてきた。お互いの傷をこじ開けないように、細心の注意を払ってきた。ただひたすら自分を押さえ込み、その危うい均衡の中で生きてきた。それは一つの地獄だった。

もはや愛情の欠落した、血の交い合った親子とは呼べない、名ばかりの関係にしかすぎなかった。そこには憎しみはなかった。そして、愛も。慰めも、労《いたわ》りも、励ましも、何らの思いやりもそこにはなかった。潤《うるお》いのない砂漠のような土壌に、どんな感情が育つことができただろう。

今、ミキは自身の怒りを見ていた。母に対する憎しみを。かつて一度も言葉に替えて伝達することのなかった、母親に対する激しい憎悪を。心の中で、ミキはそれらのほとばしるような言葉を、繰り返し母親に投げつけていた。そして母もまた積年の思いを、去り行く娘に向かって吐き出したのかもしれない。けれど、お互いの言葉は、もはや決して交じり合うことはなかった。二人の間には、すでに越えることのできない無限の距離があった。もう、遅い……すべてが終ったことだ……。

「ミキ、戻って来ておくれ」ミキの耳の奥に母の叫び声が聞こえていた。賽《さい》は投げられたのだ。この歩みはもう誰にも止められやしない。七年、いや八年……決心してから途方もない時間が経過していた。綿密な計画を立てて、一つ一つ実行に移してきた。何度も挫折しそうになった。もう、諦めようと、立ち止まり、後に向かって戻りかけたことも。毎日が苦しみの連続だった。気の休まることのない苦闘の日々の中で、夢だけが唯一の支えだった。それは誰に与えられたものではない。自らが苦汁の中で出した、決断であり、夢だった。ミキにとってそれは、何人《なんびと》も踏み込むことの能《あた》わない、侵すべからざる聖域だった。

「わたしを、わたしを一人にしないで!」

母は、私に何をしてくれたというのだろう……何を。私のまだ汚れのない純潔《じゅんけつ》を、たった一度の青春を、無残に踏みにじったのは、あなたではないか! どんな報いを、どんな償《つぐな》いをしてくれたというの?

ミキの喉元から、次から次へと押しとどめようもなく、母親を責める言葉が口を突いて出てきた。そして、最後にミキは、一つの言葉を聞いたのだった。

――こんな年老いた、よぼよぼの母親を、お前は見捨てて行くの?

ミキは一瞬、ハッとなって足を止めた。際限もなく母親を罵る言葉の果てに、一瞬、稲妻のようにその言葉がミキの脳裏を横切った。

それは母親が言った言葉ではなかった。

それはミキ自身が自分に向かって言った言葉だった。何年も前から、何年もの間、ミキはその問いを自分自身に問い続けてきた。しかし、それは母に対する憎しみを押さえ込むことで、自らの問い掛けもまた、いつしか深い無意識の奥に仕舞い込んでしまった。そして無意識の奥で、我れ知らず何年もの間問い続けてきたことに、ミキは今、初めて気が付いたのだった。

母もまた、何年もの間、自分自身を責め続けてきたのだろう。ミキが一切そのことを触れないことに、無言の責苦を感じていたのかもしれない。仮面を被った、良き親子を演じ続けることに耐えかねて、母は病に倒れた。そして激しい責苦に身を苛《さいな》みながら、老いさらばえ、二度と抜け出すことのできない病床に伏せっていた。

ほんとうにそうだろうか……。

不意に眩暈を感じて、ふらふらとよろけるまま、近くの街路樹に手を付いて体を支えた。母はほんとうに、私に何もしてはくれなかったのだろうか。出掛けに、母はミキにいらぬ気遣いをさせまいと、口に座布団を押し当てて、咳き込む声を消そうとしていた。ミキの決意を鈍らせまいと、多分、無意識に出た行為だったのだろう。枕元に置かれた目覚し時計は、五分だけ針を先に進ませていた。それもまた無意識に出た昔の習慣の名残りからなのだろう、母としての本能が……。それとも、母は最後の最後まで、母親としての努めを果たそうとしていたのだろうか。

そう、それですべてが報《むく》われている……。

ふと、ミキは思った。白髪混じりのぼさぼさの頭を何度も小刻みに震わせながら、母は必死になって座布団を顔に押し当てていた。そう、それで、ただそれだけで、もうすでに母の犯した罪は十分贖《あがな》われているのではないだろうか……。

ミキは頭をそっと街路樹に押し当てた。ひんやりとした感触が額に伝わってきた。夜風が闇を渡って火照った頬にまとわりついてくる。木の上の方で、ざわざわとした葉擦れの音が聞こえてきた。ミキは目を閉じたまま、その音に耳を澄ました。と、その瞬間、ハッとなってミキは木の幹から額を離した。ある記憶が、まざまざと脳裏に甦ってきたのだった。

そう、あの日もこの松の木に寄り掛かって母は暫しの間自分の身体を支えていた。

あの日……母は高熱を押してミキを背負い、外へ出たものの、眩暈がしたのか、ふらふらとした足取りでよろける身体を、暫しこの松の木で支えて呼吸を整えたのだった。

その日は、ミキの小学校の学芸会の日だった。ミキはその学芸会で演じる劇の、ヒロインに選ばれていた。何か月も前からミキは、家で台本を見ながら練習を重ねていた。しかし、学芸会もあと数週間と迫った頃、突然、ミキの右足の付け根のリンパ腺が腫れて痛み出し、歩くことはおろか、立ち上がることすらできなくなってしまったのだった。ミキは担任の先生に、車椅子に乗ってでも劇に出たいと言い張ったのだが、聞き入れられなかった。ヒロインには急遽代役が立てられ、ミキは泣く泣くその役を降りなければならなかったのだった。

翌日からミキは学校を休んだ。先生に頼んで車で送り迎えをしてもらおうとの母親の申し出にも、ミキは頑として拒み続けた。学芸会に出られない学校になど、もう行きたくないと、頑に口を閉ざしたまま、家の誰とも口を聞こうとしなかった。まだ兄も正常だった頃で、その兄もまた劇の主役を務めることになっていた。父も母も、自分の子供が主役を務める学芸会を楽しみにしていた。

そんな頑な態度を崩そうとしないミキを見て、母親がある日どこからか一台のリヤカーを借りてきた。それでミキを学校へ運ぼうというのだ。

「いやだ！　いやだ！　学校なんか行きたくない」

無理矢理乗せられたリヤカーの上で、ミキは一人手足をばたつかせて暴れ回っていた。けれど、それには一言も応えずに、すいすいとリヤカーを引いて歩き始めた母親の背中を眺めて、ミキもとうとう根負けしてしまった。このまま学校にも行けなくなってしまうのではないかと、内心ミキの心の中にも不安が芽生え始めた頃だった。母親もそんなミキの心中を見通していたのだろう。

けれど、ミキは恥ずかしかった。リヤカーは本来人間が乗るものではない。荷物を載せて運ぶための道具だった。リヤカーのぎこちない揺れに身を任せながら、ミキは顔から火が出るほどの恥ずかしさを味わっていた。できれば学校に着くまで、知っている人に顔を合わせたくない。ミキは心の中でひたすらそう祈っていた。母は来る日も来る日もリヤカーを引いて学校に通った。雨の日は雨合羽を着て、全身ずぶ濡れになりながらリヤカーを引いた。ミキは学校が終ると、クラスの仲間が次々に帰って行くのを見送った後、入口の廊下にぽつんと一人腰掛けながら、母親がやって来るのを待っていた。

あの時、母はどんな気持ちでリヤカーを引いていたのだろう……。恥ずかしいのは母とて同じなはずだ。今、ミキはその時の母親の気持ちがわかるような気がした。その時の母は、今のミキ自身とほぼ同じ年頃だった。

しかし、慣れないリヤカーを引き続けた疲労が溜まったのか、学芸会の数日前に、母は風邪で熱を出して寝込んでしまったのだった。四十度近い高熱で、父親がこしらえたおかゆも吐いてしまうほどで、立ち上がることもできなかった。

その日、父親が何度も声を掛けても、ミキは断り続けた。母親の寝床の横で顔を背《そむ》けるミキの気持ちを察してか、父は一人で学校に出掛けて行った。その横で、母親がじっとミキの様子を見つめていた。ほんとうは、ミキは誰よりもその学芸会に行きたいと思っていた。もう、劇に出られない心のわだかまりは消えていた。毎日辛い思いをしながらリヤカーを引いて学校に連れて行ってくれた、母親の気持ちだけで、もうミキは十分だった。自分が出られなかった劇に、わずかな時間しか練習できなかった代役の友達に、クラスの皆に、観客席からミキは精一杯の声援を、大きな拍手を送りたいと思ったのだった。そのことで、たとえ舞台には上がれなくても、自分もみんなと一緒に劇に参加することになるのだと、ミキは思ったのだ。でも、母と一緒に行かれない学校には行きたくない。母と一緒に見られない学芸会なんか見たくはない、そうミキは思ったのだった。

そんなミキの様子を、母親はじっと枕元から見ていた。そして何を思ったのか、突然、母親は蒲団から飛び起きて、着替え始めた。見繕いもそこそこに、何事が起こったのかと茫然と眺めるミキの目の前に、母はしゃがみ込みながら言った。

「さあ、おんぶして」

やっと、ミキは母親のやろうとしている意味がわかった。

「だって……」

「いいから、早く！」

と強い口調で言う母親の言葉に促されて、ミキは母の背中にしがみついた。

ふらふらとよろけて何度も倒れそうになっては立ち止まりながら、母親はたどたどしい足取りで学校に向かって行った。背中の上から、ミキははらはらとしながら、そんな母親の様子を眺めていた。母親の顔からどっと汗が吹き出して、一歩一歩足を踏み出す度に、顎《あご》から汗がはらはらと地面に滴《したた》り落ちていった。母の身体から甘い香りが漂っていた。ミキはその時、母親の背中の上で、ほのかな仕合《しあわ》せを感じていた。もの心ついてから母親に負《お》んぶをされたのは、その日が初めてで、最後だった。ミキは、それで十分だった。他に何もいらないと思った。

そう……あの日も、家を出てからすぐに、丁度この松の木の所で、母は暫し倒れそうになる身体を支えていたのだった。ミキはそっと木の幹に触れてみた。そう……この松の木……。ミキは、やっと自分が何をやらなければならないのか、わかったような気がした。

「おかあちゃん……」

そして、ミキはゆっくりと家に引き返して行ったのだった。

家に戻ると、母親が寝室の襖のわずかに開いた隙間に挟まれて倒れていた。もう咳き込む声も聞こえてはこなかった。ミキは肩に掛けたバッグを思わず投げ捨てて、母親に近付いて行った。眠っているのか、気絶しているのか、それとも……。

「おかあさん！」

ミキは母親の上体を抱き起こして、激しく揺さぶった。うっすらと目を開けた母親が、夢見心地でミキを見つめている。畳の上には母親の吐いた跡があった。母親は事態が呑み込めないのか、ただぼんやりとミキの顔を眺めているだけだった。ミキは母の目を覗き込んだ。うっすら開いた瞼が閉じそうになる。このままでは危ない……ミキの中に、そう直感するものがあった。このまま瞼を閉じてしまえば、もう二度と再び母の意識は戻らなくなる、そんな気がした。病院に連れて行かなければ……。

「おかあさん、私よ、しっかりして！」

ミキはそう叫びながらスーツの上着を脱ぎ捨てて、母親を自分の背に担《かつ》ぎ上げた。そして足早に玄関に向かい、裸足《はだし》のまま外に飛び出した。

ミキは走った。

母親を背負いながら走った。母は思ったより軽かった。両腕で支える太腿も、すでに骨と皮だけになっていた。走る度に母の顎がごつごつとミキの肩に当たった。辺りはすでに深い闇に包まれて、絶えて人影も見当たらなかった。先程の松の木を通り過ぎて、小さな児童公園の前に出た。母がいつも通っている病院はもうとっくに閉っている時刻だった。繁華街の近くにあるならず者相手の病院はまだ開いているにちがいない。けれど、その病院は方向が逆で家からも遠く、まだ一度も行ったことがなかった。ミキは一瞬躊躇ったが、いつもの病院の方に向かった。もし閉まっていたとしても、頼み込んで急患として見てもらおう。いつも見てもらっている先生の方が適切な処置をしてもらえるだろう。そうミキは考えたのだった。公園の真中を突っ切って駅に向かう大通りに出た。

ミキは走った。

ただひたすら走り続けた。裸足のためか、足取りが軽かった。時折、アスファルトの上に転がる細かい小石が足の裏に食い込んできた。痛っ！　とその度に、ミキは顔をしかめた。もうミキは何も考えなかった。ただ母を病院に送り届けること、それだけしか頭にはなかった。

「ミキ！」

とその時、母親が意識を取り戻したのか、びっくりしたような声が背中越しに響いてきた。そして、その瞬間、今までだらんと垂れていた母親の両腕が、ミキの首筋に強く纏《まと》わりついてきた。ミキは黙っていた。母親もそれから何も言わなかった。暫くの沈黙があった。そして、やっと事の成り行きを悟ったのか、

「ミキちゃん、ミキちゃん……」

と母親が絞《しぼ》り出すような声を上げて絶句した。それ以上母親の思いは言葉にはならなかった。熱いものがミキのブラウスを伝って肩に染みてきた。母がむせび泣いていた。

子供の頃、母親は高熱を押して、私を背負って学芸会に連れて行ってくれた……今度は私が母を背負う番なのだ。そう、ミキは思った。母親の肩に食い込んだ重い十字架を、背負ってあげられるのは私しかいないのだと。もう、立ち上がることも、歩くことも、這うことすらできなくなったこの老婆を、いと小さき弱き者、かつて犯した、たった一つの過ちのために、自らを責め、傷つけ、苛《さいな》み、力尽きて倒れ、病に冒《おか》され、地を這いつくばり、涙に噎《むせ》ぶこの名も無くか弱き者を、どうして見捨てて行かれよう。

ミキを見送る時、母親は襖の陰からあらん限りの力で手を振って、娘に最後の別れを告げようとしていた。母親にとって、ミキは残された最後の肉親だった。唯一の希望だった。掛け替えのない宝だった。夢だった。生きる支えだった。か細く、震えながら、恐る恐る

できよう。

差しだした、骨と皮だけになったしわくちゃの手から、どうしてその杖を奪い去ることが

では、自分の夢は？　未来の希望は？　今まで何年もの間、こつこつと粉骨砕身に積み上げてきた努力はいったどうなるというの？　この一瞬ですべてが水の泡となってしまう。自分の夢を、未来を、捨ててしまって良いのか……。そろそろ列車が駅に到着する頃だろう。ミキは腕時計を見なかった。見るのが怖かった。数年間の努力が、その瞬間に崩れ去ってしまうのだ。

ミキは走った。ただ走り続けた。

ミキにはわからなかった。それで良かったのか、悪かったのか。それがほんとうに正しいことなのか、間違っていることなのか……。多分、それは誰にもわからないことなのだろう。他人にも、母親にも、この私自身ですら。走ることに迷いはなかった。走り続けることに躊躇いは感じなかった。多分、それで良いのだろう、とミキは思った。

病院の前まで来ていた。案の定、入口の扉は閉まっていた。ミキは一瞬考えて、病院の裏の方に回った。そして玄関のチャイムを押した。しかし、中からは何の反応も返ってはこなかった。ミキは拳でドアをどんどんと叩いてみた。……やはりだめだ。中はしーんと

静まり返って、物音一つ聞こえてこない。ミキは一旦退いて、病院の周囲をぐるりと一回りしてみた。家の明かりは消えており、真っ暗なままだった。今頃の時間で、もう家族全員が寝てしまっているとも思えない。週末でどこかに出掛けているのだろうか。

ミキは諦めて、もう一つの病院に行くことにした。そして、ミキは再び通りに出て走った。もう母親は何も言わなかった。しっかりとミキの首筋に抱きついたまま、顔をぴったりと背中に押し当てていた。それは信頼し切って母の背に身を預ける子供のようにも思えた。狭く入り組んだ商店街を駆け抜けて繁華街に出た。そこだけが煌々《こうこう》とした光に包まれていた。酔客が不思議そうな顔をして、ミキの傍らを通り過ぎて行く。裸足のままのミキと、背中の母親を交互に見比べながら、二言三言、言葉を掛けていった。

その繁華街を通り抜けたところに病院はあった。しかし、その病院の扉もまたすでに閉じられていた。そして入口のドアには、学会の集まりで二、三日休業する旨の貼り紙がしてあったのだった。

万事休す……。

ミキは病院の扉の前で、がっくりと膝を落とした。もう駄目か……何か方策はないのか、とミキが必死で頭を巡らせているうちに、突然母親が激しく咳き込み始めた。また発作が始まったのだ。ミキは一旦母親を背中から降ろして、咳が静まるのを待つことにした。けれど、五分経ち、十分経っても、咳は一向に治まるどころか、ますます激しさを増していく。このままでは危ない。再びミキは母親を背負って歩き始めた。

その時、ふとミキの頭に一つの考えが閃《ひらめ》いた。そうだ、T市へ行こう……あそこなら大きな総合病院もあって、二十四時間体制で急患も受け付けてくれる。産業道路に出れば、T市に向かうトラックを捕まえられるかもしれない。無謀なことはわかっていた。でも、もう他に方法がない。迷っている暇はなかった。

ミキは再び産業道路に出た。そして走った。背中の上で母親が激しく咳き込んでいる。ミキは居ても立ってもいられなかった。トラックがやって来るのを待ち切れずに、ミキは産業道路をT市に向かって走り出して行った。ヘッドライトの閃光が後方から瞬《また》いた。ミキは足を止め、後を振り返って右手を大きく振った。しかし、トラックはスピードを緩めることなく、ミキの傍らを猛スピードで駆け抜けて行った。今時の時刻にヒッチハイクをしている人間などあろうはずがない。ただはしゃいで手を振っているとしか見えないのだろう。けれどこれで諦めているわけにはいかない。ミキは再びT市に向けて駆け出して行った。町中の道路と違って、この産業道路にはトラックが撥《は》ね飛ばした小石が一杯散らばっていた。それらの切っ先の鋭い小石が容赦《ようしゃ》なくミキの素足に食い込んできた。ミキはその度に、歯を食い縛って足の裏を刺し貫く痛みに耐えた。

この町の市街地の一番外れにある最後の信号機の手前で、ミキは足を止めた。この信号機を境に街灯も途切れ、その先には黒々としたじゃがいも畑が延々と伸び広がっていた。辺りはさらに漆黒の闇を深め、所々に点在する民家の明かりがぼんやりとした淡い光を浮かび上がらせていた。すでにしんと静まり返った静寂の中を、産業道路に入り込もうとする車が、濡れるようなヘッドライトの明かりを周囲に瞬かせながら一頻りエンジン音を轟《とどろ》かせて通り過ぎて行った。この信号を越えてどこまでも真っ直ぐに伸び広がる産業道路の闇の奥に目を凝らしながら、ミキはぼんやりと考えていた。

いったいこの道は、どこへ繋《つな》がっているのだろう……。

荒い呼吸は中々静まらなかった。

人はやがて背を向け立ち去って行く、誰もそれを引き止めることはできない。人はただ無数の屍《しかばね》を乗り越え、幻影の道を歩んでゆくしかないのだろうか……。

意識が朦朧としていた。急激に走り続けたせいか、身体が一時的な酸欠状態に陥《おちい》っていた。肩で息を繰り返しながら、ミキは必死で意識を集中しようとした。

人はやがて老い、死んでゆく、誰もその宿命から逃がれることはできない。人はその生に何を残すことができるのだろう。人はその死の傍らでどんな言葉を投げ掛けることができるのだろう……。

かつて夢見た日々があった。闇に虹の掛け橋を描いたことがあった。それは、まだ残っているだろうか……。

カラカラと明かるい笑い声が、絶え間なくミキの耳に響いていた。途切れることのない引きつったような笑い顔が見えていた。燦々《さんさん》と降り注ぐ夏の陽差しの中に、水道の蛇口に付けたホースから勢いよく水が流れ出していた。手元が狂って、地面に落ちたホースが蛇のように激しくのたうち回っている。いたるところに撥ね上げた水しぶきの中に、いくつもの小さい虹が見えていた。

人はその思い出に、何を忍ばせることができるだろう……。

楽しかった夕べの一時も、もう遠く忘却の彼方《かなた》に埋もれて二度と思い起こすこともない。幼い日の小さな悔恨《かいこん》も、やがて時の流れに呑まれて跡形もなく消えてゆく。

人と人とが出会い、握手を交わし、目と目を見つめ合う……数々のお喋り、微笑、囁《ささや》き声がいたるところで上がっている。ビルの壁、電柱の陰、明かりの漏れる小窓、帳《とばり》の降りた閨《ねや》に、そっとそれは息付いている。

人はその出会いに、何を託すことができるだろう……。

甘い匂いがした。収穫の時を迎えると、じゃがいも畑が辺り一面に白い花を咲かせた。地中ではすでに実もたわわに喜びを実らせ、今は闇の中でひっそりとその時を待っている。

誰にも受け取められずに、空しく地に落ちていった様々な言葉があった。ほんのわずかな沈黙に耐え切れずに、立ち去って行った人々がいた。果たされなかった無数の約束、返ってくる当てのない、たった一言の謝罪の言葉を待ちわびながら積み上げた果てしのない時間……誰もが皆、わずかばかりの孤独を背負って生きていた。

誰とも繋ぎ合わせることのできなかった言葉が、ひっそりと胸の奥に息付いていた。去って行く人を引き止めることもできず、手を差し伸べる傍らの人に投げ掛ける言葉も見出せないまま、言葉の絶えた暗い深淵が横たわっていた。

人はその枯れ萎《しぼ》んだ蔦《つた》に、再びどんな言葉を継ぎ足してゆくことができるだろう……。

別れた人に、横切る人に、ぽっかり開いた心の闇に。

すべては流れてゆく……誰もその時の流れを止めることはできない。時の流れの前で、人はどんな気持ちでそれを見送ることができるだろう……。

一家団欒《だんらん》の時があった。遙か遠く茜色に染まる山並に思いを馳《は》せて人々は感謝する、今日一日何事もなく無事に終ったことを。そして祈る、明日もまた何事もない一日でありますようにと。しかし、やがて時は過ぎ、人々は病《やまい》に倒れ、今は帰らぬ人の思い出に涙する。その時、初めて人は呪う、時の裏切りに、非情さに、地を這い全身に襲いくる痛みに身もだえしながら憎しみに身を募らせる。

積み上げられた小さな嘘が、胸の奥で疼いていた……。暗い部屋の片隅で、犬のようにうずくまりながら傷口の癒えるのを待つ人がいた。

常に辿り着く地点はただ一つ……季節は巡り、野山は再び極彩色の色取りで満たされる。人々が集い、舞い歌う、華やかな宴《うたげ》が繰り広げられる、質量の賛歌。我を忘れる陶酔《とうすい》の中で、世界は一時、その幻影を見失なう。そして、暫し宵《よい》の静寂に漂う。

幻影はまだ続いている……。闇に入るその一瞬まで。空が真紅に燃え上がる頃、人々はやっとそれぞれの眠りにつく。

誰も知らない、ひたひたと忍び寄る時の足音を。誰も見ない、道端の草むらに仕掛けられた巧妙な罠《わな》を。そして、誰も聞くことはないのだろう、静寂の中で手招きする時の誘惑の囁きを。ただ聞くのは、たった一度の終焉《しゅうえん》を告げる鐘。見るのは、老いさらばえた自らの屍。そして、思い知るのは、たった一つの真実……。

あの時も車に乗ってはしゃいでいた。誰も顔を皺くちゃにして笑っていた。どこへ行くのかは知らなかった。すべてが喜びに満ち溢れていた。人は永遠に過去にしか生きられないものなのだろうか……。儚《はかな》く消えていった夢の亡骸《なきがら》が、足元に横たわっていた。

寒い部屋の片隅で、壁に寄り掛かりながら凍《こご》えた手を暖める。吐く息が白い。窓ガラスがたちまちのうちに水滴で曇ってゆく。窓を開けると、雪が降っている……いつの間にかこんなに積もったのだろう。雪は音もなく止め処なく空から舞い降りてくる。漆黒の闇が真っ白に染め上げられてゆく……闇の中で、それはほのかに瞬《またた》いていた。

そこに落ちた者は、二度と這い上がってくることはできない……。

なぜなら、そこが終点であるからだ。それはどこにあるのだろう。空しく差し伸べた手の中に、それは摑《つかま》えることができるのだろうか。

ズキズキと胸の奥が疼《うず》いていた。この道を辿って行けば、人はどこに行き着くことができるのだろう。ふと、ミキは思った。それは儚い幻影にすぎないのだろうか。

人は決して出会うことがないのかもしれない、夢見た明日に。自ら蒔《ま》いた種の収穫を見ることもなく、人はただ空しく立ち去ってゆく……。

交差する道路の信号が黄色に変わった。

トラックが撥ねた雨水で、ミキの服はぐしょ濡れになっていた。走る度にスカートが太腿にまとわりついてきて、何度もつまずきそうになった。ミキはスカートの前面を、スリット状に半分ほど引き裂いた。額から流れ出した汗が目に入って、ミキは何度も目をごしごしとこすった。

ミキは腰を屈めて、左右のイヤリングを外した。摘んだ指先をそっと離すと、イヤリングはキラリと光りながら地面に落ち、ころころとアスファルトの上を転がっていった。

信号が青に変わった。

その瞬間にミキは大地を蹴った。全身の力を振り絞ってミキは走った。民家のわずかの明かりがまたたく間に後方に退いて、じゃがいも畑の黒々とした闇が迫ってきた。光が絶え、町の喧騒《けんそう》も途絶えた闇の中に、ひたひたと道路をひた走る、ミキの足音だけが耳に響いていた。

走る度に引き裂いたスカートがぱたぱたとはためいた。じゃがいも畑を通り過ぎ、森の中に入り込むと、そこで町の明かりは途絶えた。道路の両側に立った電柱の、古びた明かりだけが行く手を照らし出していた。

「ミキちゃん……」

背中から、不意に母親の声がした。ミキは背後に耳を傾けた。暫く沈黙が続いた。しかし、不思議と母親の咳は止まっていた。

「ミキちゃん、きれいだよ……」

意外としっかりした声だった。でも、母は何のことを言っているのだろう……。

「白雪姫、きれいだねえ……」

白雪姫?……そうか、それはミキが小学校の学芸会で演じるはずだった役だった。母はその日のことを夢見心地に思い出しているのだろう。

「きれいでしょう、おかあちゃん」

とミキが言った。

「また、来ようね、ミキちゃん」

今度は何だろう。どうやら学芸会の光景ではなさそうだ。

「うん、また来ようよ、おかあちゃん」

とミキが答えた。

取り止めもない意味不明な言葉が、母親の口から間歇《かんけつ》的に漏れていた。ミキはその一つ一つの言葉に黙って耳を傾けていた。まだ遙か昔の楽しかった頃のことを思い浮かべているらしかった。どうかその母の夢の隙間に、辛い悲しい日々の思い出が忍び込みませんように……。

「おばあちゃん！」

突然、母親が絶叫した。

びっくりして思わずミキは顔を傾けた。母親は何度もその言葉を連呼した。その言葉を聞きながら、ふとミキはある光景が脳裏に甦ってくるのを意識した。

おばあちゃん……それは、ミキの祖母で、まだミキが小さい頃にすでに亡くなっていた。学校の夏休みには、母親が必ずミキを連れて実家に里帰りをしたのだったが、口数も少なく、ただ優しい微笑みを浮かべるだけの祖母の顔を、ミキはあまりはっきりとは覚えてはいなかった。ただ、その祖母が亡くなった葬式の日のことが、なぜかありありとミキの脳裏に焼き付いているのだった。

それまでにもミキは何度か親類の葬儀には出席していて、その祖母の葬式もミキにとってはまったく変わり映えがしない退屈なものにすぎなかった。けれど、出棺の間際になって、それまで気丈に振る舞っていた母が、今まさに柩の蓋《ひつぎ》が閉じられる瞬間に、柩に取りすがって「おばあちゃん！」と声を掛けたのだった。多分、それは母自身にも予期せぬ行動だったのだろう。その言葉に端を発したかのように、母の口からは嗚咽が漏れ、柩にしがみついては泣き崩れた。そして、連呼していた「おばあちゃん」という言葉は、いつしか「おかあちゃん」に変わっていったのだった。多分、母はその時のことを夢見ているのだろう。

「おかあちゃん！」

と母親が叫んだ。

そう、あの時もまた母は柩を抱え込むようにして、そう叫んでいた。ミキはその時の母親の目から留めようもなく溢れてくる涙を思い浮かべていた。

いつになっても人間は、自分の中に小さな子供を抱えている……。どんなに成長し、大人になり、結婚し、子供を生み育て、自ら年老いても、その自分の中にいる子供は、いつまでも子供のまま変わることがない。絶えず泣き、叫び、笑い、喜び、悲しみ、はしゃいでいる。飽くことなく、尽きることなく、延々と続いていく……。それもまた人間の宿命なのかもしれない。

「おかあちゃん！」

とまた母親が叫んだ。

そんな自分を嫌って、ミキは何年もの間、自分自身に仮面を被って生きてきた。母もまたそうなのだろう……。

今、母は子供に戻っていた。一切の仮面を脱ぎ捨て、幼い日の喜びと優しさに満ちた日々に、母の目から留めどない涙が流れているのがわかった。ミキの肩に熱いものが服を濡らして肌に染みてきていた。

「おかあちゃん！　おかあちゃん！　おかあちゃーん！」

母親が再び鋭く絶叫したかと思うと、一頻り天を振り仰いだ顔をガクリとミキの肩に落として、そのまま息絶えた。

ミキは走った。後を振り返らずに走り続けた。目の前に、黒々とした闇がどこまでも続いていた。ミキの耳に入ってくるものはもう何もなかった。目に入るものもなかった。ふわふわと宙を漂っているような感覚だけが、ミキを捕えていた。

ミキは走った。

ただひたすら走り続けた。少しずつ、徐々に少しずつ、身体が軽くなっていくのがわかった。長い間歩んできた過去も、これから歩んで行くであろう未来も、ミキの頭にはなかった。自分の歩む先に何が待ち受けているのか、ミキは知らなかった。

後方から大型トラックの閃光《せんこう》が、激しいクラクションを鳴り響かせながら、ミキの傍らを通り過ぎて行った。しかし、やがてそれもまた、深い闇の静寂に呑み込まれていった。

重い十字架を背負い続けていたのは、自分の方だったのかもしれない……ふと、ミキは思った。

闇に向かって、ミキは走った……走り続けた……。

著者プロフィール

本橋　潤（もとはし　じゅん）
1952年、北海道に生まれる。
現在、東京都杉並区在住。会社員。

深き淵から

2000年11月1日　初版第1刷発行

著　者　本橋　潤
発行者　瓜谷綱延
発行所　株式会社文芸社
〒112-0004 東京都文京区後楽2－23－12
電話03-3814-1177（代表）
03-3814-2455（営業）
振替00190-8-728265

印刷所　株式会社エーヴィスシステムズ

乱丁・落丁本はお取り替えします。
ISBN4-8355-0691-X C0093